生協のルイーダさん

あるバイトの物語

百舌涼一

集英社文庫

目次

生協のルイーダさん

あるバイトの物語

Aか？　Bか？

――それが問題だ。

この春、やっとのことで大学生になれた社本勇《しゃもといさみ》は、学食の列に並びながら、ハムレットよろしく、自分の運命というか、自分の弱さを呪っていた。

――二者択一は嫌いだ。

「（上底＋下底）×高さ÷２」で面積を求める形のお盆を凝視するも、それで「一一二五平方センチメートル」と解がパッと出るわけでも、AかBかの答えがするりと導き出されるわけでもなかった。

――いや、嫌いというか、俺にとってもはや無理ゲーだ、これは。

本日の日替わり定食は二種類。Aがから揚げ定食で、Bが野菜炒《いた》め定食だ。肉は食べたい。「だがしかし」と勇は思い直す。実家を出て、一人暮らしをはじめてから、明らかに野菜が不足している。こういうときこそ野菜を選ぶべきか。しかし、から揚げは大好物のひとつ。いやいや、野菜炒めのあの大きめにカットしたきくらげも好きなものランキング上位入賞の実力者だ。

──むむむむ、悩む。むむむむ。

「むが多い！」と自分の思考に自分でツッコミを入れる勇。こんなことで脳細胞を浪費している自分が嫌いだ。

「から揚げ党」と「野菜炒め党」が脳内議事堂で論戦を繰り広げている中、勇が並ぶ定食の列は、牛歩よりはるかに早いペースで前に進んでいく。前の方で「A！」「B！」と迷いのない学生たちの声が響き、「はいよ！」と食堂のおばちゃんが威勢よく返事をしている。気持ちのいいやりとり。自分もあんな風に選びたい。しかし、それがかなわないのは勇自身がいちばんよくわかっている。

──ああ、いっそのこと両方食いたい。

しかし、財布には五百円しか入っていない。金はない。選ぶしかない。

「はい、おにいちゃんは？」

肝っ玉を二、三個持っていそうな恰幅《かっぷく》グッドなおばちゃんが勇の方を向いて訊《たず》ねた。

「あの、え～、と」

「A定？」

「いや、あの違くて……」

「はい、Bいっちょ！」

「あ、あ、あ」

「え？　違った？」

「いえ、Bでいいです」

後半はもはや下を向いて消え入るような声でのやりとりだ。おばちゃんも少し待って勇の動向を見守ってくれたが、それ以上リアクションをとらない勇に軽い苛立《いらだ》ちを覚えたのか、「はい、じゃ、後ろつかえてるから」と、少々乱暴に列の進行を促した。

提供された野菜炒め定食を受け取り、勇はひとり空いている席につく。

——ま、こっちも食べたかったからいいんだけど。

自分を慰めつつ野菜炒めに箸をのばしてから勇は気づく。

——き、きくらげが、ない!?

勇は熱狂的なきくらげファンではあるが、一般的に野菜炒めにおける「彼」の役どころはそこまで重要ではないらしい。村人役のひとりがいなくなったところで、物語にはさして影響がないだろうと学食のおばちゃんも気を抜いたに違いない。自信を持ってB定食を選べなかった自分への唯一の救済であるきくらげが入ってないことに、勇は落胆の色を隠せなかった。

——いつも、こうだ。

勇は子どもの頃から優柔不断で、「選ぶ」という行為が何より苦手だった。「優しくて」「柔らかくて」「断ったりしない」。優柔不断はその文字だけを見れば、とても「いいヤツ」に見える。けれど、実際は「情けなくて」「弱くて」「決められない」のが優柔不断な人物の特徴だ。「情弱不決」と文字にするとダメなヤツというのがよくわかる。

勇は「どっちのアイスがいい？」と訊《き》かれれば、溶けてしまうまで決められず、「海に行きたい？　山に行きたい？」の問いにも答えられないまま、旅行当日家でひとり留守番していたり、「あの子とわたし、どっちと付き合うの？」なんて幸せな悩みを抱えたりしたこともあったが、気づけばふたりとも別の彼氏ができていた。

勇がいまこの大学にいるのも、受かったふたつのうちどちらに行くか、迷って悩んで決めきれず、もう一浪しそうになっていたところを、業を煮やした両親が勇に代わって入学手続きを済ませたからなのだ。

——変わらねば。

勇は、きくらげの入っていない野菜炒めを前に強く思った。決められない男に未来はない。選べずに終わる。他人に選択を委ねる。そんな人生とはさよならしなくては。

——とはいえ、まず、何から変えよう。

勇は自らを見つめ直した。文字どおり、自分の全身を足元から観察してみる。

高校時代から履いている靴。ひざのところに擦り切れた痕があるジーンズ。ベルトの穴はすでにがばがば。チェックのシャツは母親に買ってもらったものだ。髪は入学式のときですら面倒くさくて切りに行っていない。

——見た目からか……。

しかし、さきほどの定食問題のときにすでに発覚しているように、勇の財布の中には、もはやおつりの十円しか入っていない。家に帰ったとしても、とてもじゃないがイメチェンできるほどのおしゃれアイテムを揃《そろ》えるお金はなかった。

——まずは軍資金だな。

年の離れた妹にかかりっきりで、勇にほとんど関心を示さない両親からの仕送りはごくごく僅かだ。浪人してしまった手前、大きな声で文句は言えないが、本当にぎりぎりの額だと勇は思っていた。

奨学金ももらっているが、それでも授業料のことなどを考えると、まずは先立つものがなければ、服を買うことはおろか、来月まで生き延びることも難しかった。

——バイトか。どうしよう？

そう頭を悩ませているとき、勇はふと、学食の隅にある掲示板に目をやった。そこには、生協への質問や要望などを書いて目安箱に投函された「ひとことメモ」が、生協職員からの回答つきで貼り出されていた。

——ああ、あの白岩さんだったっけ、そんな名前の職員が有名になったやつ。

勇がまだ小学生だった頃、学生の質問に対してウィットに富んだナイスな回答をする生協職員がいて、結構話題になっていたことを思い出す。

勇は何とはなしにメモをひとつずつ見ていく。神社に行ったとき、絵馬に書いてある他人の願い事を無意識に読んでしまうのと同じ気分だ。

【教養英語ⅡAの教科書が薄いのに高い！　なんとかしてくれ！】

【いまどきコピー機がタッチパネルじゃないのはどういうことか】

【なんでか自動ドアがボクのときだけ反応しません】

生協の売店に対する不満らしい。

——自動ドアは生協のせいか？

勇は他のメモにも目を移していく。

【サバの味噌《みそ》煮《に》フライって斜め上いきすぎてるだろ】

【白身魚風フライの『風』が気になって夜も眠れない】

【フリッターとフライは別物ですか？】

学食のメニューに対しての要望なども多い。ただ、やや内容に偏りがある気がする。

——フライに対してのこだわりが強いな、うちの学生は。

勇も【きくらげは脇役じゃない】と書きたい気分だ。このひとことメモ、要は学生が好き勝手な「ひとこと」を綴《つづ》っているだけである。ただ、少なくとも掲示されているものに対しては、生協職員がひとつひとつちゃんと回答していた。

そして、それらのやりとりの中でいまの勇がもっとも興味をそそられるものがあった。

【同情するなら金をくれ】

【情けも金もあげないけど仕事ならあげる。わたしんとこにおいで】

他の「ひとこと」に対する回答は丁寧なのに対し、このメモだけは職員の回答が明らかに上からで、かつ言葉遣いもやや乱暴だった。職員名の欄には【ルイーダ】と書いてある。あだ名で回答とは、これまたふざけている。

――少しは白岩さんを見習えよ。

勇はそう思いながらも、【仕事はやる】の言葉に惹《ひ》かれていた。

――仕事、ほしい。

いつもなら「思い立ったらすぐ行動」というのは勇の流儀に反する。「あぶない橋は最後に渡る」が基本としている信条だ。しかし、今回ばかりは財布のおけらが激しく鳴いて、勇のおよび腰を強く非難する。

――ルイーダさんとやらを探してみるか。

このときなぜ、求人サイトやバイト情報誌などに頼らず、単なる生協のひとことメモに救いを求めてしまったのかわからない。切羽詰まっていたといえばそれまでだが、普段直感では決して動かないタイプの勇が、ほぼ初めて自分の意思を信じて行動した瞬間だった。それは大学に入って自分が変わり始めた証拠かもしれないと、内心勇は嬉《うれ》しく、また誇らしく思っていた。

その思いが顔に出ていたのか、ドヤ顔をしながら「ルイーダさんってどこにいます?」と訊いてくる学生に、学食のおばちゃんも若干引いていた。

「ルイーダ? ああ、今日は売店の方のシフトだから、そっちに行ってみたら?」

勇は自分で訊ねておきながら、「ルイーダ」で普通に通じてしまっていることに当惑した。

――大人同士もあだ名で呼び合う職場なのかな。

違和感を覚えながらも学食を出て、スロープを下り、大きく迂回《うかい》して生協の売店に向かった。階段で下りた方が近道なのだが、勇はこのキャンパスの名物とも言われている「スロープと呼ばれるゆったりとした坂道」を上ったり下ったりするのが気に入っていた。

生協の売店に入るとキャッシャーには三人の職員がいた。

男性ひとり、女性ふたりだ。「ルイーダ」というあだ名だし、女性だろうと当たりをつけて、いちばん出口側のレジに立っていた女の人に「あの、ルイーダさんっていますか?」とおずおずと訊いてみた。

何か買うわけでもないのにレジの人間に声をかけんな、とでも言わんばかりの視線を勇に向けてきた女性は、一重だが切れ長で綺麗《きれい》な目をしていた。鼻筋も通っていて顔全体が凜《りん》とした印象の美人だった。

その相手を強く否定してくるような視線に加え、女性に慣れていない勇には美人ということも、二歩ほど後ずさりさせるには充分な「圧」だった。

「わたしだけど、なにか？」

どうやら一発で当たったらしい。ちらりと胸元の名札をみると「井田」と書かれている。

「あ、あの、し、仕事を、探してるなら、お、おいでって、書いて、あって」

宅浪だったこともあり、母と妹以外の女性と口をきくのは一年ぶり以上だ。無意味に緊張してしまい、言葉が途切れ途切れにしか出てこない。さきほどの態度もあるし、もう一度くらい睨《にら》まれるかもしれないと、勇は覚悟をしつつ首をすくめた。しかし、ルイーダの反応は一気に好転した。

「あ！　バイト希望？　なんだ〜早く言ってよ。ちょっと待ってて。あと十分で休憩入るから」

意外なほどに態度を軟化させたルイーダに勇はほっとしつつ、「女心と秋の空」とまだ春が始まったばかりの大学構内で、関係がありそうでなさそうな格言を思い浮かべていた。

待っている間【選択はするな！　選択されろ！】というタイトルの新書が気になってぱらぱらとめくっていると、生協職員おそろいの赤いエプロンをしたままのルイーダが笑顔で近づいてきた。笑うと理知的な顔が絶妙に崩れ、それはまたそれで親しみのあるかわいらしさを醸し出していた。

「で、バイトしたいんだったよね？　いますぐ？」

そう訊かれて、勇は首を縦に振った。そう、いますぐお金はほしい。だからいますぐ仕事がほしい。

「わかった。じゃ、ちょっとこっちに」

ルイーダは、やにわに勇のよれよれのシャツのそでを引っ張って、売店の外に出た。年上の女性に手を引かれ人気《ひとけ》のないところへ。そのシチュエーションに、勇は無駄に興奮していた。

――ああ、なんかこういうの青春ぽいかも。

またまた関係のないことが頭をよぎる。仕方ない。勇は長い浪人期間を経てやっと大学に受かったばかりの新入生なのだ。財布は冬でも、頭は春だ。

「バイトの斡旋。同僚はほとんど知ってるけど、一応副業だし、店の中では、ね」

そう言いながらエプロンのポケットから二枚の紙を取り出す。

「いますぐ働くならこのふたつかな。どっちがいい？」

頭の中で、ルイーダと手をつないで春のお花畑を「あはは」とスキップしていた勇は、急に現実に引き戻された。「人生は選択の連続である」。シェイクスピアの言葉が頭をよぎる。

――二者択一は、無理ゲーなんだよ。

恋愛ゲームのツンデレキャラのように妄想していた目の前の女性が、途端にロールプレイングゲームのボスキャラに見える。

どちらのゲームもコマンド選択が必要なため、勇にとってはクリアどころか最初のミッションすらこなせない代物だったが、彼はいままさに難関ミッションをリアルに突きつけられていた。

――最初の試練か!?

試す？　試される？

「さ、どっちにする？」

　ルイーダというあだ名の美人が取り出したのは二枚の紙。何が書かれているのかと、勇は顔を近づけた。すると、一枚には「試験バイト」、もう一枚には「治験バイト」と書かれていた。

「どっちもラクに稼げるバイトだよ」

　勇にとって、ラクに稼げるのは非常にありがたい。しかし、試験バイトも治験バイトも何をするバイトなのかいまいちピンとこない。何より名前も似ていて違いがわからない。

「あの、試験バイトって何をするんですか？」

「あ、試験バイトにする？　じゃ、集合時間と場所もここに書いてあるから」

　そう言うと、ルイーダは試験バイトと書かれた紙の方を勇に突き出し、もう一枚をエプロンのポケットにしまおうとした。どうやら彼女は随分とせっかちな性格のようだ。

「あ、いえ、まだそっちに決めたわけじゃなくて。どんなことするか知ってからがいいかなって……」

「あ、そうなんだ。ちっ……めんどくさ」

——いま、舌打ちした？　めんどくさって言った？

斡旋業をしているくせにバイト内容の説明を面倒くさがるとは、なんてひとだ。勇は呆《あき》れてしまった。しかし、本人は何事もなかったかのように、試験バイトの方の説明を始めた。

「ＯＫ。試験バイトはね、正確に言うと試験官バイトよ。あなたも大学入る前に試験受けたでしょ。そのとき、『悪い子はいねぇがぁ〜、カンニングしてるやつはいねぇがぁ〜』って見張ってるひとがいたでしょ？」

——少なくとも俺が試験を受けた会場になまはげはいなかったけど。

心の中でツッコミながらも、試験官ならその存在は把握しているので、勇は黙って頷《うなず》いた。

「そ。あれのこと。今回は入試じゃなくて予備校の模試の試験官だけどね」

確かにラクそうなバイトだ。勇はそっちでいいかなと思いつつ、もうひとつのバイトについても一応訊いてみた。

「じゃあ、治験バイトってのは？」

こっちも説明がいるのか、と言わんばかりの不満顔だ。ルイーダは渋々といった感じで治験バイトの説明もしてくれた。

「こっちは薬の効き目や副作用を知るためのモルモットになる仕事よ」

「モルモット」と聞いて勇は反射的に怯《ひる》んでしまった。そこに、良いイメージなど微塵《みじん》もない。そんなネガティブなワードを使って説明するなんて、このルイーダというひとは本当にバイトを斡旋する気があるのだろうか、と勇は疑いたくなった。

「でも、こっちはお金が段違いにいいわよ。しかも！」

ルイーダはそこで意味ありげに言葉をきった。

「しかも？」

思わず訊き返してしまう勇。それは、完全にルイーダに誘導された行動だった。口角をいたずらっぽくつりあげると、ルイーダは「ねらいどおり」という表情で言った。

「選択次第では、ノーリスクハイリターンな仕事なのよ」

意味がわからない。勇は「もっとくわしく」とお願いした。

ルイーダ曰《いわ》く、治験バイトでは、すべてではないが、効果などを比較するために一方の対象者には本当の薬を、もう一方には同じ薬だと言って体にほとんど何の影響も及ぼさない偽の薬を投与するらしい。この「偽薬《ぎやく》」に当たった方は副作用の心配もなく、三食昼寝マンガゲーム付きで一定期間だらだらとしていればいいのだそうだ。

その言葉が勇を大きく悩ませていた。普通に考えれば何のリスクもなく一日で終わって帰ってこられる試験バイトを選ぶべきだ。しかし、優柔不断な自分を変えるためにバイトで稼ごうと思ったわけだから、ここで択一の試練から逃げるのは本末転倒のような気がした。もっと言ってしまえば、そこに賭けてみることこそ自分が変われるチャンスなのではないかと思った。

――選択次第……。

しかし、ひとはそんなに簡単には変われない。ポジティブ勇は右手で治験バイトの紙を受け取ろうと手を伸ばそうとしていたが、ネガティブ勇は左手で試験バイトの紙をもらおうとしていた。

「ん？　どっち？　期間的に両方は無理よ」

勇の不可解な行動に、ルイーダも怪訝《けげん》な顔をしながら忠告する。

まだ考える時間がほしい。勇はそう思い、関係のない質問をルイーダに投げかける。

「あ、あの。そもそもなんでルイーダなんですか？　あだ名ですよね？」

ルイーダは突然の問いにきょとんとしながらも、すぐに笑って答えてくれた。

「わたし、本名『井田瑠衣《いだるい》』って言うの。名字と名前を逆にして読めば『るい　いだ』。ね？」

──なるほど。

勇はその情報だけで納得していたが、そこには補足もあった。

「あと、わたしの夢がスナックのママってこともあるわね。いつかお金を貯《た》めて、文豪やら著名人が集まるような店を持ちたいの」

しかし、勇にはその補足情報が「ルイーダ」と呼ばれる理由になっていない気がして首をかしげる。

「あ、そうか。もうきみたちは世代じゃないのかな。『ルイーダの酒場』って知らない？　冒険を始めるときに仲間を集めるって言ったら『ルイーダの酒場』でしょ」

「ルイーダの酒場」を勇は知らなかったが、言わんとすることはなんとなくわかった。勇は優柔不断ではあるが、勘は悪い方ではない。

「ギルドみたいなもんですね」

勇は気を使ってそう答えたつもりだったが、ルイーダこと井田瑠衣はまゆげを不機嫌な角度にして、言い直してきた。

「さ、か、ば、よ、酒場。『ルイーダのギルド』じゃ感じ出ないじゃない」

どうでもいいことにこだわるルイーダに、勇は逆に親近感を覚えた。

──美人で頭もよさそうだけど、とっつきにくい性格ってわけではないんだな。

「そういえば、きみ名前は？　バイトするならわたしからも先方に一報入れとかなきゃだし」

自己紹介がまだだったことに気づき、勇も慌てて名乗る。

「社本勇って言います。社会の本で、社本。いさみは、勇み足の勇です」

勇み足をするほど思い切りのよい性格ではないくせに、勇はこの説明の仕方が気に入っていた。最初の自己紹介のときくらい自分の欠点から目を逸《そ》らしたい。

「社本勇？　社本勇!?　きみ、社本勇って言うの？」

突然ルイーダが目を丸くして驚きながら、勇のフルネームを連呼した。

「え、ええ。社本勇です」

勇の地元では比較的ポピュラーな名字だったが、東京では珍しいのだろうか。ルイーダのあまりの驚きように勇はそう解釈した。しかし、ルイーダが連呼していたのはどうやらまったく違う理由からだったようだ。

「きみ、勇者じゃん！」

「勇者じゃん」と指をさされて、「はい、私が勇者です」とは普通ならない。勇はさされたその指の綺麗な紫色のネイルを見つめながらぽかんとしていた。

「だから、いさみは『勇《ゆう》』って書くんでしょ。で、名字が『しゃもと』だから、ひっくり返して読めば『ゆうしゃもと』。勇者って言葉が入ってるじゃない」

「ま、無理やり読めばそうなりますけど……」

ルイーダの勢いに、勇もある程度の同意をみせる。

「うん、決めた。きみ、こっちの治験バイトにしなさい」

「へ？」

選択するためのシンキングタイムがほしかったからこその余談だったのだが、遠回りしていたところを向こうから一気に近道で詰め寄られてしまった。

「いや、でも、まだどっちにするか……」

「悩むのは、結婚相手をどちらにするか決めるときだけにしなさい。勇者たるもの、リスクのある方を選ぶのは当然」

さっきまで「うまくいけばノーリスク」と言っていたくせに、急に「リスクがある方を」ときた。このブレよう。本当にルイーダを信用して大丈夫か、勇は心配になってきた。

「当然って言われても。そんな勝手に決められたら困りますよ」

勇は両手を前に突き出し、固辞の姿勢を表した。しかし、ルイーダはすでに勇の話を聞いていない。スマホを取り出し、どこかに電話している。

「もしもし。あ、井田です。いつもお世話になっております。ところで先生。例の医療ボランティアなんですけど。はい、あれです。強者《つわもの》を送りますんで。勇者ですよ。はい？　あ、いや、なんでもないです。はい、はい。いつもの用紙に必要事項を書かせて写真貼って行かせますんで。よろしくお願いいたします」

　まだ覚悟を決めきれていない勇の前で、どうやらバイトの採用は決まってしまったらしい。

「はい。じゃ、明日から一ヶ月。うちの大学の附属病院に入院ね」

「え？　一ヶ月も!?」

　そんなに長期だとは思っていなかったので勇はますます尻込みをしてしまった。

「いや、でも、まだ般教《ぱんきょう》とかも始まったばっかりだし」

「そこんとこは大丈夫。わたしが『代返バイト』雇ってるから」

　むしろ「代返バイト」の方を紹介してほしかった勇。それに、出席日数の心配はいらないと言われても、それだけでは勇の心は動かない。

「うちの病院の看護師さん美人揃いらしいわよ」

　不意打ちのインフォメーションだったが勇の体は的確に反応する。上半身も、下半身も、だ。

「あれ、その反応。もしかしてきみ童貞？」

「ど、童貞じゃねーし！」

　ストレートすぎる指摘に、思わず勇もタメ口で異を唱えてしまう。

「見栄はらないの。いいじゃない、チェリー。わたしは好きよ」

そう言ってルイーダは一歩勇に近づいて、顔を覗《のぞ》き込んでくる。

「よく見ればイケメンと言えなくもないし……」

——え？　な、なんだ、この流れは。もしかして、もしかして……。

「わたしが斡旋するバイトには『ただし、童貞に限る』ってやつもあるから、ラッキーね。そういうのは給料いいわよ〜」

ぶわっと膨らんでいた勇の期待は、音もなくしぼんでしまった。

——ああ、そういうことね。

「じゃ、よろしく。仲介手数料はバイト代の一割だから。バイト終わったらわたしんとこおいで。一割引いた残りを渡してあげるから」

——ずいぶんアナログなシステムだ。

非公式の斡旋業だからそうなるのだろうか。とはいえ、斡旋者が非公式だろうが公式だろうが、斡旋されたバイトの方には正式に採用になってしまった。勇は附属病院の地図が書かれた先ほどの紙と、履歴書のようなものと、「初回サービスね」と証明写真を撮るための小銭をもらいルイーダと別れた。

勇はまず証明写真を撮るために、「構内にあるよ」とルイーダに教えてもらったスピード写真撮影の機械を探す。スロープの下をくりぬいてできたトンネル部分に、それはあった。

大学生も、バイトの面接や就職活動などで証明写真を必要とすることが多いのだろう。機械自体はかなり使い込まれた感じだ。どこからどう見ても旧式という雰囲気を醸し出している。

——意外に安い。

硬貨投入口には「五百円」と大きく赤字で書かれていた。普通はいくらするのか勇は知らなかったが、写真を撮ってプリントもして五百円は安いような気がした。

——古くても撮れれば問題ないしな。

安かろう悪かろうでも多少のことには目をつぶることができるコスト重視の勇はすぐに納得した。

早速ルイーダにもらった五百円を投入して丸椅子に座る。散髪には結局行かなかったが気にしない。治験に容姿は関係ないだろうし、そもそもすでに採用は決まっているのだ。

「イスヲカイテンサセテ、タカサヲソロエテクダサイ」

いまどき、スマホのアプリでももっと流暢《りゅうちょう》にしゃべるだろうに、と勇は思いながらそのカタコトの指示に従って、腰を少し浮かし、丸椅子をくるくると回転させて高さを調整する。

――やべ、回転の向き逆だった。
勇は百八十センチ近く身長があり、デフォルトの位置から椅子を下げないとうまくカメラの正面にならない。間違えて高くする方に回転させてしまった勇の顔は正面の「顔形」をしたターゲットマークから大きく上にずれ、あごしか入っていない。
「逆、逆と」
誰もいないボックスの中、ひとりつぶやきながら椅子を逆に回転させているそのとき、予想外の音がボックスの中に響く。
カシャ
「え？」
カシャ
「は？」
まだ顔の位置を調整中にもかかわらず何の予告もなしにカメラがシャッターをきり始めたのだ。勇は慌てて、顔を下げる。椅子の高さを合わせているひまはない。自ら屈《かが》んで、ターゲットマークの十字が描かれている部分に自分の鼻を合わせる。
カシャ
カシャ
カシャ

――五回も撮るのか。

チャンスが多い分、どうやら「やり直す」という機能はついていないらしい。五回シャッターをきったあと、機械は勝手に自分の役目は終えたとばかりに黙り込む。「アリガトウゴザイマシタ」すら発しない。

コトン

ボックスの外で軽いものが落ちた音がする。勇は外に出て写真の取り出し口から横長の光沢紙を取り出す。どうやら写真一枚につき一回シャッターをきるらしい。横に五回分が並んだ写真が出てきた。創設百余年の私立金田大学。歴史ある大学にある証明写真機は無駄に歴史を積み重ねていた。

五枚の写真の内二枚は予想どおりあごしか写ってなかった。三枚目は逆におでこがきれてしまっている。四枚目でやっと顔全体がフレームにおさまっているが、屈んだ瞬間のためピントが合っていない。五枚目はなんとか証明写真「風」と言えば許されないことはない、くらいに撮れていた。

――あぶなかったぁ～。

ルイーダからは五百円しかもらっていなかった。これで失敗したら身銭を切らなければいけなくなるところだった。勇はほっと胸をなでおろし、その写真をもって一旦家に帰ることにした。

歩いて五分。勇の住まいはキャンパスからごくごく近いところに位置していた。
勇がこの春、無事入学できた金田大学は、五つにわかれたキャンパスの内、四つを都内に置いており、勇が通うキャンパスも山手線内にあった。そのキャンパスから徒歩五分の好立地に五百円の学食で生活ぎりぎり感を醸している勇が住めているのには理由があった。

勇の借りている部屋はマンションではない。築三十五年の木造アパートだ。さらに言うと、風呂もない。少なくなったが都内にはまだ銭湯が存在している。勇は昭和歌謡曲に出てくるような銭湯通いをする若者なのだ。

大学から離れ、家賃の安いエリアから通うという方法も現役時代は考えていた。しかし、一度目の受験で東京にきたときに勇は大失敗をしたのだ。東京の電車はＪＲだろうが地下鉄だろうが本数も種類も多く、乗り換えも複雑だ。乗り換えとは勇にとって「選択」でもある。人生で何より苦手なそれを失敗せずにこなせるはずがなかった。

現役時代、四つの大学で計六つの学部を受験する予定だったが、そのうち三つは遅刻した。電車の乗り換えで悩みすぎ、やっと乗った電車が間違いで、明後日《あさって》の方向に。合格の二文字も明後日に行ってしまったのも当然と言える。

勇は、大学に受かったら絶対に徒歩で通えるところに住もうと決めていた。学び舎《まなや》から徒歩五分の距離に、奨学金の範囲で家賃を支払える部屋があって本当によかったと勇は思っている。

カンカンカン

鉄骨製の階段を上って【２０３】と書かれた部屋に入る。ドアだって木製だ。一応、ドアノブ部分以外にもうひとつ鍵がついているが、セキュリティが万全とは言い難いつくりになっていた。

部屋に入り、和室に置かれたローテーブルに、ルイーダからもらった書類とさっき撮った写真、そして筆記用具を置く。

提出必須の書類というのは「履歴書」というよりは、「問診票」に近かった。

氏名住所の他に、身長や体重、既往歴などを書き込むところがあり、酒は飲むか、タバコは吸うか、ストレスはあるか、などの質問に答える欄もあった。【はい／いいえ】の択一ではあったがさすがにこの内容の質問では勇も悩むことはなかった。

もし、「なんでこの仕事を選んだか」「仕事に求めるものは何か」などと訊かれたら少し考えるところだったし、「あなたの長所は」なんて質問があったら書類完成に半日はかかっていたかもしれない。「短所は」という問いなら即答できるのだけれど。

しかし、そんな問診票的履歴書でも、勇のペンが止まってしまう箇所があった。

「最悪の事態が生じた場合にも医療施設側に賠償を求めない」という旨の承諾をしなければいけないのだ。

――やっぱ、最悪もありえるのか……。

勇は途端に後悔をし始めていた。やっと大学に入れたばかり。親にほっとかれ、地元でも特にたのしいこともなく、上京して、やっとこれからバラ色のキャンパスライフが待っていると思っていたのに。【最悪】の二文字が意地悪そうに勇を見つめ、灰色のバイトライフへの手招きをしているように感じる。

優柔不断な勇は、なんとか二者択一を乗り切ったとしても、選んだあとからぐじぐじと後悔することが多々あった。いや、むしろ後悔しないことの方が少ないくらいだった。

――やめるか。

その考えが頭をかすめたとき、同時にルイーダの凛とした顔とあのセリフが浮かぶ。

「きみ、勇者じゃん！」

――勇者か……。

勇の胸にいつになく熱いものがこみあげてきた。これはふにゃふにゃの軟体動物のような意志しか持たない勇の心をきゅっと固体化させる熱であった。

――やってみるか。

勇気と無謀は違う。しかし、生まれてこのかた、勇気など振り絞ったことがない勇には、この熱さを単純に無謀な覚悟と片付けることはできなかった。これが勇気というものかもしれない。初めて自分の名前を前向きにとらえることができそうな自分がいる。

「社本勇、行きます！」

勇は、自分で書いた氏名の欄を力強く見つめ、他に誰もいない1Kの部屋の真ん中で、声に出して決意表明をした。

金田大学附属病院に入院するのは明日の朝からになる。提出書類の裏に書かれた事前説明には、入院に必要なものはすべて揃っているので下着だけ持ってくればよい、とあった。まだ、引っ越してきてから荷ほどきもすべて終わっていない。「衣類」と書かれた段ボールから適当にTシャツとトランクスを取り出し、カバンに詰める。

——あ、あと、写真か。

せっかく撮った証明写真を貼るのを忘れていた勇。慌てて五枚目のOKカットを切り離し、提出書類上の指定の四角に合わせて写真を貼る。

——あ、やば。ちょっとずれた。

わずかではあるが枠からはみ出て斜めになってしまった証明写真は、勇の初バイト失敗を暗示しているようでもあった。さきほどの熱い決意表明はどこへやら。不安に駆られ、勇の顔は暗く曇った。

「明日、行くのやめようかな……」

都会で一人暮らしを始めるには何もかもが足りない空虚な六畳間に、勇の弱音だけが空しく響いた。「行くべきか、行かないべきか、いや、行かないべきか」後ろ向きな方の選択肢を無意識に応援してしまう勇。この「逆勇み足」的な性格こそが、勇にとって優柔不断の次に問題だった。

眠る？　眠らない？

——全然眠れなかった……。

昨夜勇は布団に入ったあともまったく眠りにつくことができなかった。バイトに行くか、行かないか。自問自答の二者択一を頭の中で繰り返していたら、いつの間にか夜が明けていたのだ。

結果として勇は、金田大学附属病院の前に立っていた。

布団を出たときは「行く」気でいた。顔を洗っているときに「行かない」方に気持ちが傾いた。擦り切れたジーンズを穿《は》いた瞬間に「行かねば」と奮い立った。アパートを出る瞬間「やめとこうか」と悩んだ。ポケットに入った財布の軽さに「行くしかない」と切実に思った。その後も曲がり角や交差点に差し掛かるたびに行くか戻るかを逡巡《しゅんじゅん》した。目指すべき金田大学附属病院はアパートから徒歩十分の距離だったが、到着までにたっぷり三十分はかかってしまった。

──はあ、きちゃったよ、結局。

良く言えば清潔感。悪く言えば冷徹な威圧感を与える一面白壁の建物の前で、勇は諦めのため息をついた。

勇の初バイト現場でもある金田大学附属病院は、医学系や理工系学部が入っているキャンパスに併設されていた。このあたりでいちばんの巨大病院で、遠方からもその高い医療技術を求めて患者がやってくるらしい。

しかし、基本的に紹介制らしく、待合室がごった返しているという感じではない。抱えている医師でさばけるだけの患者数を、というのを基準にしているのだろう。

外来受付を素通りし、勇はエレベーターで五階に上がる。案内図には【研究フロア】と書かれている。

エレベーターを降りると心なしか空気がひんやりとしている。窓から見える外の景色は春の陽気ですべてが生気に溢《あふ》れた色合いに見えるのに、ガラス一枚隔てたここの空間は色彩の乏しいグレイッシュな世界に見える。

正面の受付で「治験バイトにきた」と告げると「医療ボランティアにご参加の方でございますね」と慇懃《いんぎん》に、しかし、はっきりと言い直されて、右奥の【笠原《かさはら》研究室】と札が出ている部屋を案内された。

「失礼します……」

勇が研究室に入ると部屋の奥から声がした。

「お、もうひとりの子もきたね。こっちこっち」

声のする方に進むと、簡単な応接セットがあり、テーブルを挟んで向こう側のソファに白衣をきた男性が座っている。想像していたより若い。薬を開発するという大きなプロジェクトを任されているのだから、それこそ「博士《はかせ》」という感じの老人が出てくることを勝手に想像していた。

手前のソファには、勇もひとのことは言えないが、スウェット上下というラフすぎる格好で、小学生のようなスポーツ刈りをした男性が所在無さげに座っていた。この治験バイトを受ける仲間だろうか。

「ささ、座って。今回はこのふたりで治験を進めることになってます。同室に一ヶ月入院することになるから、先に紹介しておくね。彼は多田寛《ただひろし》くん。え〜と、きみは、確か……」

「あ、社本です。社本勇」

「そうだ、社本くんだ。ごめんよ、事前に名前は聞いてたんだけど、ひとの名前を覚えるのが苦手で。薬品の名前なら絶対忘れないんだけどね」

「はっは」と大きな口を開けて笑顔をつくっているが、目は笑っていない。医者ジョークだろうか。当然勇も笑えない。しかし、ここは笑みをつくっておくべきだろう。ただその思いは、多田というこれから勇が一ヶ月共に過ごす男に先を越されてしまった。

「は、は、は。ウケる。ウケる」

ただ、その反応はとても上手とは言いがたく、そんなに不自然に笑うくらいなら、むしろ聞こえなかったふりをした方が得策だったのではないかと勇は思った。

その後、勇と多田はいくつかの書類にサインをした。もちろん、「最悪の事態」関連の項目も再び登場した。「履歴書」に続き、またしても出てきた「最悪の事態」に一瞬腰が引けるも、勇はぐっと拳を握って自分を鼓舞する。

――俺は、勇者だ。

自分でも「何考えてんだか」と恥ずかしくなったが、意外に心を落ち着かせる効果はあった。

署名と簡単な説明が終わると、エレベーターで七階に上がった。そこは一階の外来フロアとも五階の研究フロアとも雰囲気が違っていた。

まず床が無機質なタイル張りではなく、高級感溢れる木目調だった。照明もあたたかみのある色をしている。病院というより、ホテルという感じだ。

「今回の治験はこの病院内でもかなりの重要機密なんで、一般病棟ではなくて、このフロアの個室を特別にツイン仕様にして行います」

案内されるがまま部屋に入ると、そこは勇のアパートの部屋の三倍はあるであろうスペースに、ソファやデスクが置いてあり、壁には巨大なテレビが埋め込まれ、キッチンまでついていた。ベッドも本来はひとつなのだろうが、相部屋にするということでふたつ置かれている。

「うわお」

勇は思わず感嘆を声に出してしまっていた。しかし、それは、これから一ヶ月ルームメイトとなる多田も同じだった。

「ほほお」

感心するように吐息を漏らし、勇の横で同じように固まっている。

「とはいえ、このフロアは本来ＶＩＰ専用なんだ。治験入院に使ったりする部屋ではないから、そこはしっかり覚えておいて。フロアにいらっしゃる他の入院患者さんとは絶対接触したりしないようにお願いします。お見舞いの方にもだよ。いいね、絶対だよ！」

そう強く言い残して治験の担当医は去っていった。あとは看護師がきていろいろと説明してくれるそうだ。

担当医が言ったとおり、勇たちが荷物を置き、指定された入院着に着替えた頃を見計らって看護師が入ってきた。

――ルイーダさんのウソつき。

勇はそう思わざるを得なかった。目の前にいるひとは「白衣の天使」と表現するにはかなり無理がある迫力満点の顔面をしていて、かつ、採血など処置を嫌がったりしようものなら、力ずくで押さえつけられそうな屈強な体軀《たいく》をしていた。

「本日は、事前検査を行います」

屈強な看護師はそう言って、勇と多田を部屋から連れ出した。エレベーターに向かっていると進行方向から白衣でもナース着でもない女性が歩いてきた。見舞い客だろうか。少しうつむきがちに歩くその姿は謙虚さに溢れ、また上品でもあった。すれ違った瞬間、微《かす》かにバニラエッセンスのいい香りがした。思わず振り返って鼻で、いや目で追ってしまう勇。音もなく歩く女性は、そのまま静かに廊下の角を曲がって消えてしまった。

――まさか幽霊とかじゃないよね?

あまりの現実感のなさに、勇は白昼にもかかわらず心配になってしまう。しかし、前を歩く看護師の大きな背中がその心配を払拭してくれた。

「さきほど笠原先生もおっしゃっていたと思いますが、入院患者はもちろん、いまのようにお見舞いの方と遭遇しても一切話しかけたりしないようにお願いしますね」

ほぼ命令トーンの「お願い」に、勇は「イエッサー」と返事をしそうになる。

――でも、甘くていい匂いがするひとだったな。

勇は実家の母を思い出していた。母はクッキーやケーキなど、勇の好きなお菓子をよくつくってくれた。妹が生まれるまでの話ではあるが。

エレベーターに乗って三階のフロアに通されると、あとは怒濤《どとう》のラッシュで勇と多田はさまざまな検査と問診を受けることになった。昼食の時間以外はほぼ処置室、検査室を巡っていたと言っても過言ではない。

素敵なＶＩＰフロアに戻ってきたときには、すでに夕方になっていた。

「では、本日の検査結果は明日またお知らせします。今日はこれで終わりですのでゆっくりおやすみください」

戦士のような看護師はそう言い残し、大きな背中で「ナースコールなんかで呼び出すんじゃねえぞ」と無言で威嚇しながら部屋を去っていった。

――そりゃ、病人でもない俺らにかまってもられないよな。

勇は半日を超える検査で毒気を抜かれたのか、すっかり物分かりもよくなってしまっていた。

「あのさ」

勇は自分以外の声がしてびくりとしてしまう。壮絶な検査地獄で頭も疲弊しており、これから相部屋で他人と過ごしていくということをすっかり忘れていたのだ。

「これから一ヶ月、ヨロシク」

多田と呼ばれていた男は、外見に似合わず爽やかな挨拶と共に勇に握手を求めた。

「あ、こちらこそよろしくお願いします」

勇も手を出し、ふたりはギュッとシェイクハンドをした。

「俺、多田寛。金田大学、社会学部八年生」

——八年生!?

大学が四年制のシステムであることを勇は頭の中で確認する。学士、修士、博士で確か九年だ。多田はもしかしてそのことを言っているのかと、勇はそのことも含めて自己紹介を返した。

「俺は、社本勇って言います。多田さんは、院生なんですね」

「タダカンでいいよ。昔からそう呼ばれてる。あと、院生じゃねーよ」

——ということは、留年生か……。

金田大学は学生の自主自立を重んじる学風で、職業訓練校としても確かな実績をあげているが、どちらかというとアカデミックな方に力を入れており、大学に残る学生をあたたかい目で見守る傾向があった。そのため、進級や卒業に対しておおらかな学生も多いらしい。目の前にいる多田はまさにそういう人間のようだ。

「じゃ、タダカンさん、で。俺は勇《いさみ》って呼んでください」

「おう!」

先輩後輩という年齢的な立ち位置もはっきりしたところで、タダカンと勇は部屋の使い方の簡単なルールを決め、その日は早めに就寝することにした。何もすることがなかったし、何より、検査、検査で、体がまいっていたのだ。

翌朝、戦士のような看護師、「ソルジャーナース」とでも呼ぼうか、彼女に文字どおり叩《たた》き起こされた。

「はい起きる！　昨日起床時間は言ってあったでしょ。ここは病院。自由気ままな大学じゃないんですよ！」

胸のあたりをばんばんとはたかれて勇は驚きと恐怖で飛び起きた。寝ぼけているのか、ここがどこだか瞬時に思い出せない。アパートではない。なら実家か。

「かあさん？」

勇の脳はまだ十分の一も活動を開始していないようだ。

「だれがあなたのおかあさんですか！」

多少の怒りをにじませ、ソルジャーナースが腰に手を当てて、勇を叱りつける。そこでようやくここが病院で、自分は治験バイトのモルモットとして入院しているということを思い出した。隣のベッドでは、勇より先に起こされたのか、叩かれたあたりをさすりながら小声で「いてえな」と不満げに漏らすタダカンの姿があった。

「やあやあ、お目覚めですか」

看護師の背後から担当医が姿をあらわす。朝にぴったりの爽やかな笑顔だ。相変わらず目は笑っていないが。

「おはようございます。改めまして、これから一ヶ月よろしくお願いします。笠原と申します」

そういえば笠原研究室に案内されたことで彼の名前は笠原だろうと推測していたが、直接自己紹介はされていなかった。勇とタダカンはベッドの上から会釈で返す。

「さて、昨日の検査結果はまだですが、若いおふたりのことだ。まず問題ないでしょう。今日から治験スタートということになるので、まずは僕から説明させてもらいますね」

この病室の容積をちょうど埋めるほどの声量。この部屋の外に漏れる大声ではなく、かといって勇たちが訊き返さねばならないほどの小声でもない。慣れているんだな、と勇は感心した。その声に感情らしきものがほとんど混じっていないことへの違和感は置いておいて。

笠原医師の説明は簡潔だった。
●まず今回の薬は抗ストレス効果からの安眠を期待できる睡眠導入剤であること。
●その薬を毎晩飲んで寝てもらい効き目と副作用の有無を確認するのが目的であること。
●ふたりのうちどちらかはプラセボ錠を飲んでもらい効果および副作用の比較をしたいということ。

「以上です。何か質問は？」

タダカンは前にもこういう治験バイトをしたことがあるのか、特に気になることはなさそうだ。しかし、勇には最後の説明が理解できていなかった。

「あの、プラセボ錠ってなんですか？」

その手の質問には答え飽きていて自分の口で説明するのも億劫《おっくう》だ、という表情で笠原医師はソルジャーナースの方にちらりと視線を移す。心得たという頷きの後、ソルジャーナースがやさしく、しかし、一切NOとは言わせない語気の強さで説明してくれた。

「プラセボってのは『偽薬』とも言われていて、本物の薬の効き目などと比較するための偽物の薬です。人体にほとんど影響を及ぼさないもので、まあ、ビタミン剤くらいに思ってもらったらいいわ。プラシーボ効果というのを聞いたことがありませんか。ひとは薬を飲んだと思うだけである程度の効果を勝手に体が出してしまうことがあるの。思い込みの力ですね。その誤差分をみるために、本物を飲んだひとと偽物を飲んだひとで比較検証する必要があるんです」

――ああ、ルイーダが言ってた『ノーリスク』の方か。

笠原医師とは対照的に、説明に熱が入りやすいタイプなのか、ソルジャーナースは気づけば勇のすぐ目の前で「アンダースタン？」という表情をしている。

――近い近い！　ソルジャー。毛穴まるみえですよ。

上体を後ろにそらしながら、勇は「アンダースタン！」の意味を込めて何度も頷いた。

「では、早速今夜から。多田くん、社本くん、よろしくお願いします」

そう言って笠原医師はソルジャーナースからふたつのピルケースを受け取って、ひとケースごと自身の左手と右手に載せてからその両の手を突き出した。

「これが開発中の新薬です。どちらかはプラセボ錠ですがね」

笠原医師は一瞬間をおいて、勇とタダカンを交互に見つめる。

「ここで提案なんですが、今回は本物の試薬かプラセボかふたりに選んでもらおうかな、と。もちろんどちらがどちらなんてわからないようにしてありますし、ヒントもなしですけど、こういうゲーム性があった方がたのしいでしょ」

――たのしいわけあるか！

勇はプラセボ錠であればいいなと思ってはいたが、覚悟を決めてきた以上、強制的に飲まされるなら本物の方でもよいと思っていた。それをここまできて「選ぶ」自由を与えられてしまうと、途端に困ってしまう。ましてや「最悪の事態」がある薬だ。そう簡単に選べるわけがない。

「では、選んだらケースにご自分の名前を書いておいてくださいね」

そう言い残して笠原医師とソルジャーナースは病室を出て行った。

一瞬の静寂。

「どうする？　ジャンケンで決めるか？」

先に口を開いたのはタダカンの方だった。

「ジャンケン……ですか」

「あみだとかでもいいけど」

「あみだ……って手もありますよね～」

タダカンの提案に対し、勇はなんとも煮え切らない。ジャンケンも結局何を出すかという選択。あみだも、どのラインを選ぶかという選択だ。悩む対象が変わるだけで、勇にとっては優柔不断解決の手法にはなりえなかった。

「んじゃ、いいよ、勇が選んで」

そう言うとタダカンはベッドから降りて病室の隅にある本棚からマンガを取り出してソファに座って読み始めた。

「え？　でも、いいんですか。結構大事な選択ですよ」

勇は決定権を委ねられて慌ててしまう。

「いいよ、いいよ。俺は別にどっちでも。つか、迷ったってどっちが本物で、どっちが偽物かなんてわかんないって」

確かにタダカンの言うとおりだった。薄紫色をした錠剤はどちらにも「金田」をあらわすのか「笠原」をあらわすのか知らないが【K】の文字が刻印されており、見た目もサイズもまったく違いがわからない。

「で、でも、先輩を差し置いて選ぶなんて……」

昨日会ったばかりの人間を「先輩」と呼ぶほどの尊敬の念など抱いてはいなかったが、勇は自分が選ぶことを避けようと適当なことを言った。

「それを言うなら、かわいい後輩を差し置いて選ぶなんて、だよ」

タダカンはもはやマンガの方に意識がいっているのか、こちらも見ずにそう答えた。

──仕方ない。

そもそも、優柔不断を変えるきっかけにこのバイトにきたのだ。覚悟を決めろ、と勇は自分自身を叱咤《しった》した。

──よし、こっちだ！

右のピルケースに手を伸ばす。しかし、並べてみるとまったく同じに見えたはずなのに、手に取った方の錠剤は少し紫色が濃いような気がする。

──やっぱりこっちだ！

今度は左のピルケースを取る。しかし、こちらはケースを振ると心なしか右のものより音が軽い気がする。

──う〜ん、どっちも本物っぽいし、どっちも偽物くさいし。

右のを取り直して「う〜ん」。左のを見つめて「う〜ん」。両方の匂いをかいでみて

「う〜ん」。勇は悩みに悩んでいた。

「なんだ、まだ決めてなかったのか。俺、『スラダン』全巻読んじゃったぜ」

タダカンがベッドに戻ってきたのは、味気のない病院食のランチを経て、さらに太陽も今日のお勤めを終えてゆるゆると下降し始めた頃だった。

「いや、ちょっと、こういうの、苦手で」

勇は正直に告白した。タダカンは一瞬呆れた顔をしつつも、すぐに笑顔になって、勇から見て右のピルケースを手に取った。

「んじゃ、俺のベッドは右側にあるから、右のは俺が飲むやつにするよ。わかりやすいだろ」

「は、はい」

結局自分では選べなかった。しかし、勇はホッとしていた。自分で選ばなかったからこそ、悪い結果にならないかもしれない。それが他人に運命を委ねているということに勇は気づかず、タダカンに心の底から感謝していた。

夕食を食べ、タダカン→勇の順番でシャワーを浴びる。風呂上がり、勇は『ヒロアカ』の最新刊があることに気づき、一巻から読み直す。タダカンは持参したのか、デスクでノートパソコンをかちゃかちゃやっている。

「エロサイトですか？」

「バカいえ。さすがに男ふたりきりの相部屋でそれやったらキモいだろ」

「確かに」

「八年生にもなると出なきゃいけない講義はほとんどないけど、レポートとかはまだ結構あってさ。これから一ヶ月カンヅメだし、そういうのやっとくかなって」

「へえ」

「勇は一年生か？　うちの大学はちょっと前までは単位も卒論もゆるかったけど、ここ最近うるさくなってきてるからさ、あんま気を抜くなよ」

「俺みたいになるなよ」とはタダカンは言わなかったが、八年も大学にいる先輩からの忠告として勇はありがたく受け止めておくことにした。

　消灯の時間が近づいてきた。寝る三十分前に飲むようにと言われている錠剤を、勇とタダカンは同時に飲むことにした。初日ぐらいは、というタダカンの提案だった。

「せ～の」

　ごくりとふたりの喉が鳴る。味はない。飲みにくいサイズでもない。水といっしょにおなかの中に運ばれて行っているのがなんとなくわかる。

ふたりはベッドに入り、「おやすみ」と声をかけあって目をつむった。

ブーンと冷蔵庫の音だけが部屋の中に響く。勇もタダカンも電気をすべて消さないと眠れない質《たち》だったので、部屋はまっくらだ。テレビの待機ランプだけがぼんやりと暖色に灯《とも》っている。静かな病院の一室。しかし、消灯から一時間半。部屋の空気が動く。ベッドから誰かが起き上がったのだ。

——眠れない。

勇だった。ほぼ体を動かすことなく、食べて、シャワーを浴びて、マンガを読んだだけの一日。二十歳の若者が疲れなど感じるはずもない内容。何匹まで数えたかわからなくなるほど羊を数え、それを三セットほど繰り返してみたが、睡魔は勇を襲う気がさらさらないようだった。

逆に、タダカンは完全に眠りの世界にダイブしてしまっている。昨夜の検査疲れのとき以上に深い眠りについているように見える。

——タダカンさんのが本物だったのかな。

まだ初日だし、そもそも薬の効果がどれほどのものかもわからない。しかし、これで、勇の方がプラセボ錠であった確率は高くはなった。眠るための薬となんの効果もない薬を飲んで、いま寝ているのはタダカンで、起きているのは勇だ。

――タダカンさんには悪いけど、よかったわ～。

勇は選択の結果に安堵《あんど》し、また、自分を褒めてあげたい気持ちでいた。自分で選びとったわけでもないのに、だ。

――それにしても、眠れない。

明かりをつけるのもタダカンを起こしてしまうことになると思い、マンガも読めない。勇は禁止されていたが、病室の外に出てみることにした。

廊下もしんと静まり返っていた。しかし、電気はついており、探検するのに支障はなかった。とはいえ、勇も言いつけにまっこうから背くつもりはなく、くるりとフロアを一周したらおとなしく部屋に戻るつもりでいた。

一体どんなステータスのひとたちがこのフロアを使っているのか、中流生まれ、中流育ちの勇には純粋に興味があった。

しかし、その好奇心を満たしてくれるほどのことが起きるはずもなかった。

時刻は深夜とは言わないまでも病院的には真夜中。そもそも、このフロアが満床かどうかも定かではない。

半周ほど歩いたところで勇はこの夜の病院探検に飽きてしまっていた。眠くはないが、あくびが出る。しかし、勇がかすかなうめき声を聞いたのはちょうどそのときだった。

「ぐ、が、だ、だれ、ぐぁ」

勇はぎょっとして後ろを振り向く。廊下には誰もいない。とりあえず病院に出る霊的な類ではなさそうだ。

「だ、だれ、か」

横の病室から聞こえてくる。急変だろうか。ナースコールは。しかし、勇がいる場所からもう少し廊下を進んだところにあるはずのナースステーションから誰かが駆けつけてくる様子はない。

——手遅れになったらヤバい。

勇は「失礼します」と小声で言うと、声がする病室の扉を開けて中に入った。電気がついている。中を見回すとソファに座った老人が苦しそうに胸をおさえている。

「ぐ、ぐるじい」

「大丈夫ですか!?」

勇は慌てて駆け寄る。

「み、みず」

「水？」

勇は急いでキッチンに行き、コップいっぱい水をついで、老人に渡す。老人はそれをごくごくと飲み干すと、青紫だった顔に血の気が戻ってきた。

「ふ〜わ〜、死ぬかと思ったわ」

「大丈夫ですか？　看護師さん呼びましょうか？」

水を飲んで一息ついた老人は、勇の方に手のひらを向けた。

「いや、大丈夫。喉にこれが詰まっただけじゃ」

老人が指さす方をみると、そこにはスポンジケーキでバナナを巻いた菓子パンが半分ほどかじられた状態で転がっていた。勇も高校の頃よく食べたおなじみの商品だ。

「あ、まるごと……」

そう勇が言いかけたところで、老人が言葉をさえぎって訂正する。

「いや、これは『バナナ巻いちゃいました』。金田製パンのオリジナル商品じゃよ」

「え？　でも、これ？」

「オリジナル商品じゃ」

老人ははっきりと強い口調と視線で、勇のそれ以上の疑問を許さなかった。

「巻いちゃいました、なんですね」

「そう。わしは甘いものが好きでね。しかし、検査入院をしている間は過度の糖分はご法度。娘が焼き菓子をつくってこっそり持ってきてくれるんじゃが、それだけじゃどうにも物足りなくてな。つい、大好きなこいつを。しかし、医者の言うことを聞かんかった罰が当たったのか、喉に詰まらせてしもうて。あやうく死ぬとこじゃったよ」

——なるほど、ソファで動けなくなるとナースコールはちょっと遠いな。

勇はソファからベッドまでの距離を目算し、老人がひとり苦しんでいた理由に納得した。

「しかし、きみはどうしてこのフロアに？　失礼だが、きみのような若い子がこのフロアの部屋をとるのは少々難しいと思うが」

「あ、それは……」

勇は老人の危機を救ったヒロイックな自分に酔っており、禁止されていることも忘れて、自分が睡眠導入剤の治験バイトでここに入院していて、眠れないから探検していたのだと包み隠さず老人に話してしまった。

「ほほう。ここはそんなこともしとるのか。知らんかったな」

「ありがとう」と言いながらも目に少し怒りの色がにじんだように見えたのは勇の勘違いだろうか。なんにせよ、これ以上の長居は無用だ。勇は老人に「おやすみなさい」と告げて病室を出ると自分の部屋に戻りベッドにもぐりこんだ。さすがにもう眠れるだろう。気づけば、タダカンと同じように勇も深い眠りについていた。

翌朝。笠原医師がすごい剣幕で病室に入ってきた。

「社本くん！　困るよ、約束は守ってもらわないと」

「ふぇ?」

またもや寝起きで頭が半分も稼働していない勇は、突然のことにまともな返事ができない。

「だから、このフロアにいるひととの接触は禁止だって言っただろ」

——しまった。昨夜のじいさん!

だがあれは、老人の命の危機を救ったわけで、自分にも言い分があると勇は主張したかった。しかし、笠原医師は勇に弁明の隙を与えない。

「今朝、このフロアに入院されているVIPのおひとりからクレームが入ったんだよ。治験なんて胡散臭《うさんくさ》く、若者の体をリスクにさらすようなことは即刻やめなさい、とね」

治験バイト、もとい医療ボランティアは医学の進歩発展のためには必要なことではないのだろうか。それを一方的に胡散臭いとは随分な意見だ。そう勇は思ったが、そのような考えも通じないいくらい昨夜のVIPじいさんは偉く、そして力を持っているひとらしい。

「ひとまず、今回の治験は中止です。今日でふたりには退院していただきます」

語尾は丁寧に、しかし、強く叱りつけるように笠原医師は言い放つと「あとお願い」とソルジャーナースに告げていなくなってしまった。

勇とタダカンはほとんど追い出されるように病院を出た。あまりの勢いにお互い一言も発することができなかった。特に勇は、この中止の原因が自分にあるため、申し訳なくてタダカンの顔すら見ることができなかった。病院の敷地を出たところでタダカンがやっと口を開いた。

「はっは。びっくりしたなぁ。ま、こういうこともあるか。二泊三日、いい部屋に泊まれたし、『スラダン』も読めたし、よしとするか。勇、じゃ、またどっかで会ったらな」

そう言ってにこやかに手を振って去っていくタダカンに、勇は年上の余裕を見て感動した。謝罪の意と再会の願いを込めて、タダカンの背中に向けて深く頭を下げた。


翌日、勇はルイーダにも詫《わ》びておかないといけない気がして、大学生協の売店に向かった。ルイーダは食品棚の在庫をチェックしていた。

「あ、勇者くん」

——魔王討伐どころか、バイトのひとつすら全うできませんでしたけどね。

自嘲気味に笑いながらルイーダに近づく。

「聞いてるよ、クビになったんだって」

こちらから報告しようとしたのに、すでに伝わっているとは。勇はばつが悪くて下を向いてしまった。

「ま、仕方ないよ。向こうがＶＩＰフロアなんかにきみらを入れるからいけないんだとわたしは思うけどね」

ルイーダもタダカンと同じようにさばさばとしている。大人ってすごい。勇はまたもや感動してしまった。

「はい、じゃ、今回のバイト代」

ルイーダはそう言ってエプロンのポケットから二万七千円を裸のまま取り出し、勇に手渡した。

「一割は紹介料として引いてあるからね」

普通ならクビになり、いっしょに働いたタダカンに迷惑をかけ、紹介者であるルイーダの顔をつぶしたわけだから「もらえません」と一度くらい断るポーズをとるべきなのだろうが、勇は素直にそれを受け取った。「Ｔａｋｅ＆Ｔａｋｅ」。もらえるものは何でももらう、が勇のモットーだったからだ。

「ありがたく頂戴します」

しかし、礼は欠かさないように気をつける。恭しく頭を下げて両手でお札を受け取った。

「あと、これもあげる」

エプロンのポケットからルイーダは缶詰を取り出して勇の手にぽんと置いた。

「え？　これは？」

「鯨の大和煮。生協で試しに仕入れてみたんだけどあんま売れなくてさ。在庫余ってるからあげる」

「あざます」

お金のときと打って変わってくだけたお礼で済ます勇。もらうものの価値によって感謝の表現にも差をつける。勇は基本、ゲンキンな性格をしているのだ。

「じゃ、また、仕事ほしくなったらわたしを探すか、生協のひとことメモに書いて投函して。『ルイーダの酒場』は年中無休だからね」

そういって在庫チェックの仕事にルイーダは戻った。その真剣な横顔はしばしみとれてしまうほどの凜々《りり》しい美しさがあった。

もう一度無言で一礼をして、勇は生協をあとにした。今日は講義に出る気にもなれない。家に帰って昼ごはんにしよう。

途中コンビニで卵、キムチ、小口切りにしてある長ネギを買って帰る。ごはんは「加藤のごはん」の買い置きがあったはずだ。

家に帰ってレンジでごはんをあたためている間に、大和煮を身がくずれすぎない程度にキムチと混ぜておく。

チン！

ごはんがあたたまった。どんぶりに移し、その上に混ぜておいたキムチと鯨の大和煮をどばっと。その上にネギを散らし、最後に卵の黄身だけをのっけて鯨のユッケ風どんぶりのできあがり。

勇はどんぶりをかっこみながら、もらった二万七千円で明日から何日食いつなげるか計算する。本来の「服を買って外見から変わる」という目的はすでに忘却の彼方《かなた》だ。

——この金がなくなったらまたルイーダさんのとこにいかなきゃ。

初バイトでクビ。自分を変えるどころか、レベルアップのための経験値すらためられなかったにもかかわらず、勇はたいして懲りていなかった。基本ネガティブな性格のくせにどこか楽観的なのが、勇がこれまで成長してこなかった要因のひとつかもしれない。

満腹になった勇は着替えもせずにそのまま畳に横になった。治験バイトでの気疲れもあってか、勇はすぐに眠りに落ちた。

夢の中で勇は「勇者」として冒険の旅に出ていた。しかし、武器も防具もなくほぼ裸同然の状態だ。町民だけではなくモンスターにまで「変態勇者」と馬鹿にされる始末。最終的にザコキャラに一撃でやられてしまって目が覚めた。

——俺、弱すぎ。

社本勇、いまだ現実世界でもレベル1のままである。

ぬぐ？　はく？

——もうパンツがない。

勇の借りている部屋には風呂もないが、洗濯機を置くスペースもない。洗濯は、銭湯に行ったときに、隣にあるコインランドリーで済ますことにしていた。しかし、ここ数日、食うにも困るほどの金欠で、ランドリーに投入するコインなど持ち合わせていなかった。

——昨日の夜、洗面所で洗っといたやつが乾いていれば。

窓の外に干したパンツを触って確かめる。だが、じめりと湿った布の感触に不快な思いをしただけだった。昨夜から今朝にかけて天気は崩れ、鈍色《にびいろ》の空はいまにも泣き出しそうだ。

——泣きたいのはこっちだよ。

しかし、勇の目から涙がこぼれるより先に腹の虫がきりきりと切なそうに鳴いた。

勇は背中にくっつきそうなおなかを抱えながら、昨日と同じパンツを穿いたままキッチンに向かう。一人暮らし用の小さな冷蔵庫を開けるとそこには見事に何もなかった。目の前にあるのはもはや冷蔵庫ではなかった。ブーンと低い音を立てているただの箱だ。

ひとつも食べ物がないことはショックだったが、ふたつ残っているよりはまだましだった。勇にとってはこんな状況でも「どちらを先に食べるか」の選択をすることが、痛いくらいの空腹よりも苦痛だったからだ。

——よし。これで選択肢がなくなった。

勇はゆっくりと起き上がり、シンクの蛇口をひねる。流れ出る水を直接口で受け止めてがぶがぶと飲んだ。

——これで、大学まで歩ける。

学生証しか入っていない財布を持って勇はアパートを出た。本日、勇のとっている講義はない。目的は勉学ではなく、勤労だ。

——ルイーダさん、いるといいけど。

先月、ルイーダこと井田瑠衣に紹介してもらった治験バイトでもらった二万七千円は、すでに使い切ってしまっていた。奨学金は家賃と光熱費で消えた。そして、親からの仕送りはまだ入金されていない。つまり、勇の手元にお金は一切ない。

——「苦学生」なんて、いまどき絶滅危惧種だろ。

キャンパスに入るとキレイに着飾った女子たちがスタバのコーヒーを飲みながらベンチでおしゃべりをしている。すれ違う男子グループは「今夜の飲み会どうする」とたのしそうな計画を立てている。

お金持ちのぼんぼんが通うような大学にきたつもりはない。ごくごく普通の家庭の子が通う中流私立のはずだ。そして、勇も中流家庭の出身のはずだった。なのになぜいまこんなにも腹をすかせ、二日洗っていない下着を穿いているのか。

──情けない。

せっかく親元を離れて大学生になったのに、自立を確信するお金も、自由を謳歌《おうか》するお金も、自分を磨くお金も、勇にはなかった。自己を戒めるように、ただおけらの鳴き声が耳の奥で聞こえていた。

売店に入った勇はきょろきょろと店内を見渡す。ルイーダは見つからない。学食に行ってみる。やっぱりルイーダは見つからない。ランチ時ではなかったが、何かを調理中の匂いが勇を襲う。空腹の痛みを倍増させる痛恨の一撃。水道水だけでなんとかがんばっていた勇には、もうルイーダを探し回る体力は残っていない。

勇は諦めて一旦帰宅することにした。ただその前に、目安箱に最後の希望を託した。

【お金がほしい　勇者】

そうひとことメモに書き記し、投函してからよろよろと家路に着いた。

翌日。朝食はおいしい東京の水道水。ちなみに昨夜の夕食も同じメニューだ。勇は再び学食を訪れ、ルイーダを探す前に、まずはひとことメモに回答がないかを確認する。

――あった！

【お金がほしい　勇者】

【体に自信があるなら売店においで　ルイーダ】

勇は急いで売店に向かった。ルイーダは惣菜《そうざい》パンのコーナーで品出しをしている。

「ルイーダさん！」

「あ、勇者くん」

そばでパンを選んでいた男子学生が怪訝な顔をする。確かに「勇者」と呼ばれる人間がいたら二度見してしまうのは仕方ない。「魔王」というあだ名のヤツがいたら勇も絶対に顔を見たくなる。

ルイーダはすでに勇の用件を承知している顔だ。広げた手のひらを二回突き出すだけで「五分待ってろ」の意図を的確に勇に伝えた。勇は自ら店外に出てルイーダを待つ。

しばらくすると、ルイーダがエプロンの前ポケットに両手を突っ込んで近づいてきた。

「感心！　わかってるじゃん」

「生協には一応ないしょなんですもんね」

「そのとーり！」

ルイーダはうれしそうに笑うと、ポケットから筒状の包みを取り出して勇に放り投げた。

「あ、これ、まるごと……」

「『バナナ巻いちゃいました』ね。うちの売れ筋」

――いや売れ筋って。みんな間違えて買っちゃってるだけじゃ……。

声には出さず、キャッチした「バナナ巻いちゃいました」を見つめる勇。昨日から水しか飲んでいない。パクリ商品だろうとなんだろうと目の前の食べ物に体が反応する。

「おなか空いてんでしょ、食べなよ」

そう言ってくれるのを待っていた。勇は透明のビニールの包みをむちゃくちゃにやぶって開け、端からかぶりついた。クリームとバナナの甘さが口の中にひろがり、奥から唾液が「ごぶさた！」とばかりに大量に溢れ出てきた。

「ああ、固形物！」

「はは、なにその感想」

「いや、味も思ったより悪くないです。本物とは違うけど」

「本物って何よ！」

ルイーダはそうツッコミながらも、顔はにやにやしている。

「ただ……」

「ただ？」

「なんというか、その……」

「喉に詰まるでしょ？」

「……はい」

勇は治験バイトのときに会ったＶＩＰの老人のことを思い出していた。「バナナ巻いちゃいました」を好物と言っていたが、本家に比べるとパサついたスポンジ、ねっとりと熟れすぎたバナナ、そして、生クリームではなくいまどき珍しいバタークリーム。すべてが水分なしには飲み込めない素材となっていた。

「はい、これ」

「巻いちゃいました」を食べ終わって「ごふごふ」言っている勇にルイーダが缶を放り投げた。勇は慌ててそれをキャッチする。

「あっつ！」

ルイーダがくれたのは熱々のおしるこだった。春の陽気が夏の気配に変わりつつあるこの季節によくまだ売っていたな、と感心するくらいの季節はずれ商品。

もらえるものは何でももらう、の精神の勇はそのおしるこ缶を「ふーふー」しながら飲む。「あつ、あま」「あつ、あま」と繰り返している勇を見ながらルイーダはおなかを抱えて笑っている。

――ドSか、このひと。

「ははははは、はっは！　はあはあ。ああ、おなか痛い。ウケるわ、ほんと」

「ウケるのはいいですから、仕事お願いしますよ」

なんとかおしるこ缶を飲み干した勇はルイーダにバイトの斡旋をお願いした。

「あー、バイトね、そうだった」

笑いがおさまるのと入れ替わりに自分の役割を思い出したルイーダ。右手人差し指を立てて簡潔な一言を放った。

「今回はぬぐバイト」

聞くからに怪しげなバイトだ。服をぬぐのであろうことは勇でも容易に想像がついた。

――裸を他人に見せるのはちょっとな。

別に見せて恥ずかしい体をしているとは思わなかったが、二十歳の成人男子の普通の発想として、人前で裸になるのには抵抗があった。

「あ、ごめんなさい。やっぱり……」

そう勇が断ろうとしたとき、ルイーダは、中指も立てた。勇に向かってピースをしているかたちだ。

「と、はくバイト」

——今回も二者択一なのか。

勇はげんなりした。前回も試験バイトと治験バイトで苦悩したのだ。結果、途中でクビになり、タダカンにもルイーダにも迷惑をかけた。あの選択は間違いだったと勇は思っている。

しかし、今回の二者は選びやすい。ぬぐのとはくのとなら、はく方がいいに決まっている。仮にぬぐのがヌードモデル的なバイトだとしたら、はくバイトは靴のモニターとかズボンのモニターとかだろうか。

「どっちがいい？」

ルイーダがピースを左右に振りながら勇に近づいてくる。

「え、えーと」

はくバイトなら、と思いつつもやはり二者択一になると迷ってしまう。もしかしたらこちらを選ぶとまたよからぬ結果に見舞われるかも。逆に考えて、ぬぐバイトの方が報酬もよく正解かもしれない。

勇はさっきまでバイトの斡旋自体を遠慮するつもりだったのに、難易度の高そうな「ぬぐ」のあとに、比較的簡単そうな「はく」を提示され、すっかりどちらかから選ぶモードになってしまっていた。

「う〜ん」

「さあ、どっちよ？　早く決めて」

ルイーダがピースを振りながら、勇を急《せ》かす。

「じゃ、カウントダウン」

「え!?　ちょっと、まだ……」

「にーーい」

ルイーダが立てていた右手の中指を折りながら数を数える。まさかのツーカウントから。ピースサインがそのままタイムリミットを告げる役割を果たそうとは。

「ちょ、ちょ、ちょ、ちょ」

勇は鳴き方を知らない小鳥のようになってしまう。

「いーーち」

人差し指もゆっくりと折られていく。

「あ、あ、あ」

すでに勇の思考はまともに回っていない。焦りと迷いが脳内を占め、何も考えられない。

「ぜーー……」

ルイーダは「ゼロ」と言い終わった瞬間に勇を殴るつもりなのか、指を折って拳となった右手を弓のように後ろにしならせる。その顔は、さきほどまで子どものような嫌がらせで抱腹絶倒していた人物とは思えないほど、真剣だ。

——マジで殴る気？

バイトの斡旋を頼んで、二者択一で苦しめられ、おまけに殴られるのでは、あまりにあまり。勇は痛みに弱い。なんとしてもワンパンは避けたい。その思いからか、無意識に叫んでしまっていた。

「はく方で！」

勇の鼻先ぎりぎりでパンチを止めたルイーダは「ちぇ」と舌打ちをした。

——いま、殴れなくて残念がった⁉

「よろしい！　勇者くんなら絶対決めてくれると思ってたよ」

——ウソだ。絶対殴るつもりだった。

勇は両腕を抱いて、一歩後ろにさがる。ルイーダより背も高く、体軀もしっかりしている勇だったが、いま彼は明らかに目の前の年上の女性に恐怖を感じていた。

「ははは、そんなに怖がんないでよ、冗談だって」

そう言いつつもルイーダは「ほい！」と右手を振り上げる。

「ひっ」

勇の肩がすくむ。それを見てルイーダはまたツボにはまったように笑い出した。

「ははははは。ビビりすぎ。はははは。ウケる。ビビり勇者、マジウケる」

——絶対ドSだ、このひと。

確信に変わった思いを胸にしまい、勇は「はくバイト」の説明をルイーダに求めた。

ルイーダは、笑いすぎの後遺症でまだ「はあはあ」と苦しそうに呼吸しながら、勇にバイトの日時と地図を書いたメモを手渡した。

「まあ、ファッションモデルみたいなもんね」

勇はその説明を鵜呑《うの》みにはできなかった。ぬぐバイトの対抗馬として選ばせるくらいだ。それ相応のことをしなければいけないのだろう。しかし、引き受けた以上、覚悟はしていた。ルイーダは勇の目を見て、その心意気を感じたようだ。

「大丈夫そうね」

安心したのか、ルイーダは勇の前でバイト先に連絡を入れ始めた。

「あ、リョウちゃん？　おひさぁ。そう、この前のやつ、もひとりいい子が見つかったから行かせるね。うん、うん。あ、いい男よ。うん。リョウちゃん好み」

「リョウちゃん」というのは女性だろうか。勇はルイーダに「いい男」と言われたのもうれしかったが、バイト先の雇用主が自分のことを気に入ってくれそうなのもたのしみになっていた。

「あなた、いい体してるわね。どう、わたしの専属モデルにならない？」

モデル撮影の現場で自分が妖艶な美女に言い寄られる姿を想像して、つい勇はにやけてしまった。

「何その顔、キモっ」

電話を終えたルイーダが、勇の顔を見て引いている。ずいぶんとだらしない顔をしていたようだ。

「その顔のまま証明写真撮らない方がいいわよ。あと、今回は上半身裸で撮ってね」

そう言いながらルイーダは履歴書というより身長体重などを書く程度のプロフィールシートと五百円玉を勇に手渡した。

「あれ、写真代は初回特典じゃ？」

もらえるものは何でももらう勇だが、もらいすぎることには抵抗もある。

「ああ、それは笑わせてもらったお礼。それに、きみ写真撮るお金ないんでしょ」

そのとおりだった。上半身裸の写真など、スマホのデータやアルバムを探したってあるはずもなく、写真を撮るお金もいまは持ち合わせていなかった。

「ありがとうございます」

ルイーダは、「じゃあ、よろしく」と手を振って売店に戻っていった。

証明写真機のボックスの中で再び勇は苦戦していた。

「イスヲカイテンサセテ、タカサヲソロエテクダサイ」

カタコトの指示に従いながら椅子に座って気づく。
――これじゃ、顔しか入らない。
失敗したと勇は思った。お金をもらったからといって律儀に大学の写真機で撮らなくてもよかったのだ。スマホで自撮りして、それをコンビニでプリントアウトすれば済む話だった。
しかし、もう五百円玉は旧式の機械に飲み込まれてしまっていた。もうすぐ五回シャッターがきられるはずだ。
――仕方ない。
勇は椅子から立ち上がって、背中をボックスの壁にぴたりとくっつけ、できるだけレンズから距離をとる。
カシャ
カシャ
カシャ
カシャ
カシャ
体を縮めたり、半身になってみたり、さまざまなポーズをとって工夫してみる。
――これ、いまカーテン開けられたら完全に変態だな。

上半身裸のまま個室でポーズをとる二十歳の男子。レンズ部分のガラス面に自分のポーズが映るのもまた恥ずかしい。

コトン

出てきた写真を取って、勇はそそくさと家に帰った。

上半身すべてがおさまったカットはなかったが、なんとかバストショットに見えなくもないものは撮れていた。いまの勇に撮り直しをするお金はない。

プロフィールシートに写真を貼って、必要事項を記入する。

——身長百七十八センチ。

——体重六十一キロ。

——血液型はAB型、と。

血液型を書く機会があるたびに勇は思う。自分は母親のおなかから出るときも、A型かB型か選べず、結局迷ったままAB型になってしまったのではないかと。そんなことがあるわけないのだが、自分の優柔不断のルーツをつい血液型にも感じてしまうのだ。

——スポーツ経験？　部活でいいのかな。陸上部、と。

球技やチームスポーツは苦手だった。パスかシュートか。守備か攻撃か。たいていの競技は二者択一の連続で構成されている。そんなスポーツをやるくらいなら帰宅部に入る。ただ、体を動かすのは好きだったので、高校時代、勇はひとりで走り続けることができる陸上部に入っていた。種目は長距離だ。書くことはそのくらいだった。足のサイズを書く欄はない。靴を「履くバイト」ではないのかもしれない。勇は少々不安になってきていた。

――ま、ズボンかもしれないしな。

そう信じて勇は早めに寝ることにした。まだ「バナナ巻いちゃいました」と「おしるこ」のカロリーが残っているうちに。昨夜は腹の虫が盛大にいびきをかいて、勇はまったく眠れなかったのだ。

バイトの場所は新宿だった。幸いなことに勇のアパートからも多少遠いが歩いて行ける距離。電車賃もない勇には、大げさではあるが僥倖《ぎょうこう》と言わざるをえなかった。百貨店やファッションビルの立ち並ぶメインストリートにぶつかる少し手前で路地に入る。比較的背の低い建物が密集したエリアだった。道が複雑に交差しており、気を抜くとすぐに迷子になりそうになる。

勇はルイーダからもらった地図と、スマホの地図アプリを見比べながら慎重に進んで行く。

やがて見つけた目的地。地下に降りたところにあるスタジオが今日の勇のバイト先だ。

「こんちは……」

遠慮気味に重い扉を開けて中に入ると、フラッシュの光がこぼれてくる。「バシャ！バシャ！」と激しいシャッター音もする。

「いいね〜、いいわよ〜。その自然についた筋肉いいわねぇ。好きになっちゃうぅぅ」

セリフは女性。声は男性。つまり、おネエだ。スタジオの真ん中で色黒タンクトップのおネエが体をくねくねさせながらカメラのシャッターをガンガンきっている。

——まさか。

勇は、このバイトに込めた賃金以外の期待を無残にも打ち砕かれないように、自分の直感に蓋をしようとした。

しかし、その蓋はタンクトップから伸びた黒い両腕に無理やりこじ開けられてしまった。

「あら〜、いらっしゃ〜い。あなたが社本勇くんね？　あたし、リョウ。よろしくね」

——終わった。

勇の予想は的中した。悪い方に。

「ちょっと待っててね、このGuyを先に撮っちゃうから」

勇はまばゆいばかりの照明に照らされた被写体の方に目をやる。そして、目を剝《む》いた。

「タダカンさん！」

そこには治験バイトで勇と同室だった多田寛がいた。

「あらん、ふたり知り合いなの？　じゃ、あとから絡みとか撮っちゃおうかしら」

自らをぎゅっと抱きしめながらおネエのカメラマン、リョウが言った。ごめんこうむるとばかりに勇は首をぶんぶんと振った。ポーズをとっているタダカンも同じく嫌そうに首を振っていた。

「あら残念。まあ、今回はそういう写真のオーダーはないんだけどね♥」

──「ね♥」じゃないよ。

勇は予定にない写真のモデルになることを免れて心底ホッとしていた。

やがて必要なカットを撮り終えたのか、タダカンがカメラ前からはずれ、こちらに近づいてくる。

「またいっしょだったな」

「はい。この前はすみませんでした」

勇は治験バイトのときのことを改めて謝った。

「あん？　ああ、あれはいいって。もう気にすんなよ」

タダカンは真顔でいるとお世辞にも目つきが良いとは言えないが、笑うとその細い目がふにゃりと曲線になり、ひとなつっこい猫のような顔になる。勇は、タダカンの言葉と猫みたいな笑顔に心救われた。

──あれ？　でもタダカンさん、その格好……？

久々の再会の方が劇的で、勇はタダカンの格好にまで注意がいっていなかった。彼は緑のブリーフ一枚を身につけ、足には革のごついブーツを履いていた。

「それ、どっちのモデルですか？」

「は？」

タダカンが「何を言ってるんだ」という顔をする。勇もわかっている。ブーツのはずがない。もしブーツを「履くバイト」だとしたら、その上部分、ブリーフ一丁というコーディネートに理由がつかない。

「いえ、なんでもないです」

勇は改めて今日の仕事が「下着を穿くバイト」であることを認識し、覚悟を決めた。

「じゃ、次、シャーミン、イクわよ〜」

投げキッスをするように、一度唇につけた人差し指を勇の方に向けるリョウ。

「シャーミン？」

勇はそれが自分のことだとわからない。指はまっすぐ自分の顔にロックオンされていたが。きょとんとしていると、リョウがつかつかとモデルウォークで近づいてきた。足元を見ると赤いハイヒールを履いている。下半身はグレーのタイツだ。

——すごいかっこ……。

「あら？　気に入らない？　社本勇だから、縮めてシャーミン。こんばんは、幸田シャーミンです。って古い？　昭和？　やだ、歳《とし》がバレちゃうぅ。ははは」

リョウは両脇を締め、くねくねくねと、リズムをとっているかのような動きでひとり勝手に騒いでいる。当然勇には、リョウが笑っている理由がわからない。

「じゃ、俺はこれで」

リョウの背後で服を着たタダカンがそそくさと帰ろうとしている。

「あ〜ん、アベカンもう帰っちゃうの〜？　しかも、もう服着ちゃって。あの格好気に入ってたのに〜」

タダカンの方を振り向いたリョウは、両手を広げて駆け寄っていく。

「ちょ、ちょっと。抱きつくなって！　あんたチカラ超つえーんだからさ。つか、俺はアベカンじゃなくてタダカンだって何度も言ってるだろ！」

タダカンは、両手を突っ張ってリョウの抱擁に徹底抗戦の構えを見せている。

「いいじゃないのぉ。アベカン好きなんだもん。結婚しちゃったあともずっと好きなんだもん。あの彫り深すぎのソース顔が超好みなんだもん」

「もん」を連発しながらリョウはまたもやくねくねしている。勇はふりふりと揺れるリョウのお尻につい目がいってしまい、気が滅入《めい》る。

――おえ、ノーパンかよ……。

手のひらで両目を覆いがっくりとうなだれる勇。大柄でマッチョなリョウにしっかりホールディングされたタダカンは、今度は接吻《せっぷん》をせがむリョウの唇をかわそうと必死だ。

「うわ、やめ、やめろって。ほんと！」

羽交い絞めにも近いハグをなんとか振りほどき、タダカンは出口へと脱兎《だっと》の如《ごと》くダッシュした。

「だからヤだったんだよ、くそ！　でも、ここまでしたんだから、リョウさん、約束のあの件、ほんとたのんだよ！」

「は～い、ダイジョブよ～。あたし、二丁目生まれゲイバー育ち♪　イケてるメンズ、だいたいホモだち♪　イエ～」

替え歌だろうか。リョウは突然ラップ調でタダカンの質問に答えた。タダカンは「なら、よし！」という顔をして重い扉を軽々と開けて出て行った。

意味不明のやりとりに勇がぽかんとしていると、とんとんと肩を叩かれた。不意のことにぴくんと両肩があがる。振り向くと、そこにはショートカットがよく似合う小柄な女性が立っていた。

「今日はよろしくお願いします。更衣室はこちらです」

男性下着の撮影なのに、なぜここに女性が、と一瞬勇はパニックになった。どうやらリョウのアシスタントのようだ。しかし、おネエのカメラマンのアシスタントは当然のようにそっち系のメンズだという思い込みがあったため、なかなか事態が飲み込めない。

アシスタントは時間を気にしているのか、戸惑っているままの勇を半ば引っ張るように更衣室に案内し、「これを穿いてください」と衣装となる下着を渡してきた。

勇は動揺から立ち直れないまま、ぼうっとした頭で衣装に着替え、そしてそのままカメラ前に立った。

「あら、いいわね〜。チョベリグよ、シャーミン！」

リョウの昭和な褒め言葉で正気に戻ったとき、勇は紺のブーメランパンツ一丁の姿で一体何ワットあるのかわからないくらい明るいライトに照らされていた。

——俺、なんつー格好してんだろ。

自分の股間に目をやり、羞恥心で顔が一気に赤くなる。

——それに、はみだしそう……。

勇がそう感想を抱くほど、穿いている下着の布面積は小さい。週刊誌に載っているグラビアの女の子がよく「それ、つけてる意味ある？」というくらい小さな水着を着ているが、そのグラビアアイドルたちの気持ちがわかるほど、勇がいま穿いている下着は「あぶない水着」クラスの露出度満点の衣装だった。

「あ、シャーミン、立ち位置もう少し左。足元のバミリに合わせて」

カメラをはさんで向こう側にいるリョウから急に真面目な声で指示が飛ぶ。

——バミリ？

その言葉の意味が勇にはわからない。

「ああ〜ん、もう。そういうとこがウブっててかわいらしいんだけど♥　ちょっと、田《た》上《がみ》、シャーミン動かしてあげて」

リョウの指示で、さきほどのアシスタントの女性が近づいてきて勇の足元に屈んだ。

「すみません。このTの字になっているテープのところに体の中心を合わせてください」

そう言って女性は「バミリ」と呼ばれるテープを指さしてくれたが、勇はそのテープに目がいかなかった。なぜなら、アシスタントの女性は首元がゆるいカットソーを着ており、谷間もブラも丸見えだったのだ。二十歳で童貞。当然勇の視線はそこに注がれる。自然、勇の「立ち位置」も変わってくる。

――あ、ヤバい。

むくむくと大きくなりつつある勇の体の中心。いま穿いているブーメランでは、完全に起立しなくても充分に飛び出してしまう可能性がある。

――ダメだ、鎮《しず》まれ。

なんとか気をそらそうと懸命になる勇。

――そうだ、さっきのリョウさんのお尻を。

グレーのタイツにくっきりと透けたノーパンのおネエのお尻を思い出せば、荒ぶる神も鎮まるかもしれない。しかし、勇のイマジネーションは目の前のリアリティには勝てなかった。

「あの～？」

足元で女の子の声がする。迂闊《うかつ》にもそちらを見てしまう勇。ふたたび彼女の胸元が目に飛び込んできた。

――あかん！

思わず地元の言葉が出てしまう。

「じゃ、そろそろいくわよ～」

――あかん、あかすか、あ、あ、あかんて――！

勇が慌てて手で隠そうとした瞬間、フラッシュが「バッシャ」とド派手な音をたてる。

「ふふふ、シャーミン。サイコーよ。こちらがオーダーしてないのに、なんてサービス精神旺盛なの。それとも、あたしのお尻を見てがまんできなくなっちゃったぁ？」

どうやらリョウはさきほどお尻をわざと見せつけていたようだ。

――最悪だ。

完全にカメラにおさめられてしまったようだ。勇はあまりの恥ずかしさに首をうなだれる。同時に勇の分身もその首をブーメランの中にしまいこんだ。唯一の救いは、「起立」の瞬間、アシスタントの女性は別の作業で裏に引っ込んでしまっていたこと。しかし、あの写真はきっと彼女も見るであろう。勇は恥ずかしさで全身が真っ赤になる。

だが、最初に大恥をかいたのがよかったのか、勇はふっきれた。その後はもう半ばやけくそのように言われるがままのポーズをとり、何枚も写真を撮られた。下着も何枚か穿き替えた。

「う～ん、よかったわ～、シャーミン。どう、あたしの専属モデルにならない？」

バイト現場にくる前に妄想した台詞《せりふ》であったが、いまはにやけることすらできない。

「いえ、結構です」

勇は能面のような顔でお誘いを断った。

「あん、いけずね。断るなら、さっきのショット、ネットにあげちゃうわよ」

途端勇の顔に表情が戻ってくる。もちろん「焦燥」の顔だ。

「いや、マジで、やめてください。俺、生きていけなくなる！」

「ぶはは、ウソぴょ～ん。ルイーダちゃんの大事な子にそんな悪さしないわよぅ」

その言葉にほっとしつつも、まだ勇は疑いの目でリョウを睨みつける。

「いやん。そんな顔もできるのね。でも、安心して。あたし、自分を偽るのは嫌いなの」

それはそうだろうと、勇は思い、ひとまず信じることにした。ただ、リョウの口からこぼれた「ルイーダの大事な子」というのがひっかかった。

「あの、ルイーダさんの大事な子って、どういう……？」

その質問は明らかに聞こえていただろうが、リョウは慌てて両手をぱんぱんと叩き「みんなお疲れさまー」と声をあげ、そそくさと勇の前から立ち去ってしまった。

——ま、いいか。

わざわざ追いかけてまで訊き直すほどのことでもない。勇は更衣室に戻り自分の服に着替えてからスタジオをあとにした。もちろん、穿いていたブーメランパンツは丁寧に畳んで置いて帰った。


翌日勇はバイト代を受け取りにルイーダを訪ねた。ルイーダにも例の痴態が伝わっているかもと思うと恥ずかしくて彼女の顔がまともに見られない。

「はい、お疲れさん。これ、今回のお金と、あと、これもあげるって、リョウちゃんが」

ルイーダはバイト代の入った封筒と、黒いビニール袋を勇に手渡した。封筒の中には悪くない金額が入っていた。これでまたしばらくは食いつなげそうだ。

そして、黒いビニール袋の中には勇が撮影で穿いた紺のブーメランパンツのほか、いくつかの下着が入っていた。

——いらんよ、これは。

そして、布のわりに重いなと思ったら底に円柱型の何かが。取り出してみると缶詰だった。

「あ、ソーセージの缶詰。レアなのよね、それ。今度うちでも仕入れようと思ってたのよ。よかったじゃない、一食分ういて」

うれしそうに言うルイーダとは対照的に、勇は極度の空腹にもかかわらずこの缶詰に食欲のかけらすら湧かなかった。

——リョウさんもきっとドSだ。

それでももらえるものはもらう勇。ソーセージの缶詰も明日の朝ホットドッグにして食べよう。ソーセージそのままはいただけないが、パンでも穿かせれば気にならないだろう。

——パンとパンツをかけて。なんつって。

うまいことを言えたような気がしてひとりにやつく勇に、引き気味の顔でルイーダが言い放つ。

「なに、にやにやしてんの。キモっ」

勇の周りはSばっかりだ。

ごはんにする？　パンにする？

「え？」

学食の列に並んでいる勇は、調理スペースの方から声をかけられた。思いもよらない質問だったため、声の方を向き「パードゥン」という顔で訊き直す。

「だから。ごはんにする？　パンにする？」

そこにはルイーダが立っていた。衛生上の問題で顔は半分マスクで覆われていたが、その切れ長の目には見覚えがある。

「そんなとこで何してるんです？」

「見てわかんないの？　調理スタッフよ。バイトのおばちゃんが倒れちゃって代わりに入ってるの」

生協職員はそこまでしなくてはならないのか、それともルイーダが特別なのか、判断がつかなかったので、勇は気にするのはやめることにした。

「そんなことより、ごはんにする？　パンにする？」

ルイーダは三度同じ質問を繰り返した。しかし、何度問われても、勇にはこの質問の意味がわからない。

「あの、俺が頼んだの、親子丼ですけど」

もうAかBかで苦悩するのはこりごりだったので、勇は学食にきたときは必ず「日替わり丼」を頼むことに決めていた。これなら勇の選択肢は「丼」一択。日替わりなので、飽きることもない。いいところに目をつけたと自分でも感心していた。

なので、本日の丼が「親子丼」と決まっている以上、勇にこれ以上選択をする必要はないはずだった。ましてや親子丼の米部分をパンにするなど、いかに勇が二者択一を苦手としていても、選ぶはずもない選択肢であった。

「バイトの話よ、バイトの」

ルイーダが「当たり前じゃない」と付け足しながら、そして、親子丼のごはんをどんぶりによそいながら言った。

「ああ。そっち」

勇も合点がいった。ただ、バイトの話となると、途端、二者択一が顔を出す。

「ちょっと、食べながら考えてもいいですか」

くわしい情報もないのに考えてもしょうがないのだが、とりあえず勇は心の準備がほしかったこともあり、まずは親子丼を食してしまうことにした。

食べ終わった食器を返却台に持って行くと、そこにルイーダが待っていた。

「で、決まった？」

「いや、あの、内容も訊いていいですか」

「え？　内容？　いる？」

どうもルイーダはバイトの説明を億劫がるきらいがある。「もちろん」と勇が返すと「仕方ねえ」となぜか江戸っ子みたいに答え、パンの方から説明をしてくれた。

「うちの大学のオーナーが、教育事業以外にも手広くやってるのは知ってる？」

勇は首を横に振る。勇は金田大学の創始者の名が「金田敏郎《かねだとしろう》」ということくらいしか知らなかった。

「ま、そうでしょうね。でも、きみが知らなくても、金田家が事業を多角的に展開しているのは、日本社会にとって周知の事実なのよ」

急に言葉を堅くしてルイーダは続けた。

「で、そのひとつに『金田製パン』という会社があるの。今回のバイトはそこの工場でパンをつくること」

「俺、パンなんか焼けませんよ」

勇の頭の中に「ジャムおじ〇ん」が現れ、慣れた手つきで「アンパ〇マン」の顔をつくりだす。

「そうでしょうね。むしろきみがパンを焼けるスキルを持ってるならもっといいバイトを紹介してあげるわよ。でも大丈夫。パンなんか焼けなくても。プラモデルみたいなもんだから。いや、もっと簡単かな」

聞けば、金田製パンは惣菜パンを専門に製造しており、バイトが受け持つのは、焼きあがったパンにできあがった焼きそばを詰めたり、ナポリタンを詰めたり、ラーメンを詰めたり、そういう作業らしい。

「ラーメン?」

ラーメンパンなど勇は聞いたこともない。いや、ラーメンロールだったとしてもだ。

「あるのよ。独創性豊かな金田製パンにはね」

誇らしいのか、バカにしているのか、マスクに隠されていない部分だけでドヤ顔をしつつルイーダは答えた。

「この前、オリジナリティの塊のようなやつあげたでしょ」

——あ、これは確実に皮肉ってるな。

勇は「バナナ巻いちゃいました」のことだと思い当たり、ルイーダのスタンスを把握した。

「勇者さまにはあの伝説の『バナナ巻いちゃいました』をつくってもらうわ」

——そりゃ伝説だろうな、あそこまで本家をパクってて怒られないんだから。

そこまで聞いて勇は「パン」バイトの概要を理解した。

「じゃ、お願いね」

そう言って立ち去ろうとするルイーダに、勇は慌てて待ったをかける。

「ちょ、ちょっと！　ごはんの方は？」

ルイーダは「忘れてた」ではなく、「気づいたか」という顔をして振り返ると「長くなるわよ」と前置きしてから口を開いた。

「田植え」

「みじかっ！」

勇も思わずツッコんでしまうほどの端的さ。

「はは。ナイスツッコミ！　でも、ほんとにそれだけなんだもん。で、どっちにする？」

勇は悩んだ。田植えは小学生のときに体験学習としてやったが、汚れるし腰は痛いし、きつかった記憶しかない。ただ、明らかなる類似品をつくっている会社でのバイトには一抹の不安もある。

「ちなみに、ごはんのバイトは、茨城まで行ってもらうよ」

——遠い！

遠方となると当然電車の乗り継ぎも増える。それはどうしても避けたい勇は、ほぼ消去法で「パン」バイトを選択した。

「はい。毎度ありぃ」

ルイーダは地図と履歴書を勇に渡すと、再び調理スペースの中へと戻っていった。勇も午後の講義のため、教室に向かうことにした。すると、背後からルイーダの声がする。

「あ、今回は工場でキャップとマスク着用だから、目だけのアップで写真撮ってね」

——ええ？

前回のセミヌードといい、また厄介な注文があるようだ。

——でもま、目だけの写真ならいつもの写真機でも撮れるだろ。

勇は講義が始まるまでまだ少し時間があることを確認してから、スロープの下の証明写真機に向かった。

「イスヲカイテンサセテ、タカサヲソロエテクダサイ」

勇も慣れてきて、このあとどのタイミングでシャッターがきられ始めるかわかってきた。椅子をくるくると回し、目の高さを合わせたあと、裸写真のときとは逆に、ぐっとレンズの方に顔を近づける。

——はい。準備万端。五、四、三、二、一……。
カシャ
カシャ
カシャ
カシャ
カシャ
しばらく待って、コトン。
外に出て横長の光沢紙を取り出す勇。見事に目だけの写真が五枚連なっている。家に帰って履歴書にそれを貼る。
——目だけでも結構誰かわかるもんだな。
勇は「目は口ほどにものを言う」ということわざを思い出していた。
——ふざけてんの？
白いつなぎに白いキャップをつけて、衛生検査は満点合格という身なりのライン長の「目」がそう言っていた。
——なんで、怒ってんだろう。
勇は目で怒られている意味がわからない。

「履歴書になんで目だけの写真貼ってくるの？　ふざけてんの？」

今度ははっきりと口で物申してくるライン長。

「え、あの、そうするように言われて……」

勢いに当てられて、正当な言い分のはずが言い訳めいた小声になってしまうのが、勇は情けなかった。当然ライン長に遮られる。

「誰に？　井田さんに？　そりゃ、からかわれたんだよ」

――あの、ドS。

勇は心の中で、ルイーダに怒りをぶつける。

「でも、きみも普通に考えたらわかるでしょ。そんなんじゃ社会に出たとき苦労するよ」

社会で苦労している大人の常套句《じょうとうく》が出てきてはもう反論しても無駄だ。勇はそう悟ると、素直に「すみません」と謝った。

「ま、いいけどさ。バイトの子に期待なんかしてないし」

――履歴書の写真くらいでずいぶんねちねち言ってくるな、このひと。

勇はこの粘着質のライン長から一刻も早く離れたい一心で、「で、何をすればいいんですか」と努めて無邪気に、努めてやる気のある風を装って訊ねた。

ライン長と同じ、衛生試験満点の格好に着替え、ゴーン、ゴーン、ゴーンと大きな機械音がする空間に勇は案内された。

「さあ、きみには、ここの工程をやってもらうよ」

そこは、いくつものベルトコンベアが右から左へと流れている「ザ・工場」といった感じの場所だった。ベルト上にはバタークリームを塗られた丸いパンケーキ。その上には皮を剝かれたバナナが置かれている。

「これを？」

勇がクエスチョンを投げかけると、ライン長は無言でベルトコンベアに近づき、バナナが置かれている丸いパンケーキをくるりと巻いた。

「巻いちゃった！」

「いや、巻いちゃいました、だ」

どうでもいいことを訂正されたような気がしたが、ここではそれはどうでもいいことではないらしい。

「きみにはわが社のメイン商品『バナナ巻いちゃいました』の『巻いちゃいました』部分をやってもらう。大事な大事な工程だから、くれぐれも気を抜いたりしないように」

先ほどは、バイトに期待などしていないと言っていたくせに、ずいぶんとプレッシャーをかけてくる。勇はライン長に聞こえないようにため息をついた。

「ボククらいになると、一分間に七十七本くらい巻いちゃうんだけど、初心者は、六十本くらい巻ければいいよ」

そう言うと、「休憩は二時間おきに十分。アナウンスで知らせるから」と言い残して機械の陰に消えていった。

ウウウウウーーーーーン
ベルトコンベアが唸《うな》りをあげている。そして、いまはバナナを載せたパンケーキは流れてきていない。パンケーキは常に流れ続けているのではなく、他の工程と併せて、一定間隔で流れてくるようだ。次のタイミングに乗り遅れないように、勇は「足」のマークが付いている場所にスタンバイする。おそらく、ここがこの作業の立ち位置なのだと推察した。

「くるときは一気にくるから覚悟しとけよ」

誰かの声がする。きょろきょろとあたりを見回すも、ベルトコンベアの川が何本も流れているだけで、ひとの姿は見えない。すると、勇から見て右奥のコンベアの向こうから、ぬっと男性が現れた。キャップをしてマスクをしているから、一瞬誰かわからない。しかし、その鋭い眼光には見覚えがある。

「俺だよ」

もう一度声を聞いて、勇はその白ずくめの男が誰なのかわかった。

「タダカンさん！」

「おう。最近よく会うな」

勇はもう確信していた。タダカンもルイーダからバイトを斡旋してもらっているのだ。治験バイトや下着モデルなんてレアなバイトに、別々のルートから応募して、知り合いがたまたま会う確率は、はぐれ系モンスターに続けて二回遭遇するくらい低い。

「いや、偶然じゃないと思いますよ」

素直な感想をタダカンに伝えようとするも、「ブー」というブザー音にかき消され届かない。そのブザーの直後、勇の右側にあるトンネルのようなものから、パンケーキの丸ザブトンに寝転んだバナナが流れてきた。

——おわ、すごい。ほんとにきた！

それがこなければ仕事にならないにもかかわらず、勇は最初の「巻いちゃいました」に新鮮な喜びを感じていた。

さきほどライン長がやっていたようにパンケーキの手前を両手でやさしく持って、奥側にかける。まるで寝ているバナナに布団をかけるような仕草だ。勇は妹が小さかった頃によく布団をかけてやっていたことを思い出す。

パンケーキをバナナにかけた後は、くるりと上下をさかさまに。筒状になったパンケーキをすかさず両手でぎゅっと包む。これで勇のパートは完了。驚くほど簡単。そして、意外なほどに、これだけの作業でパンケーキはきれいにバナナを「巻いちゃう」のだ。

「おお、巻いちゃいました！」

感動すら覚える勇。「巻いちゃいました」状態のバナナとパンケーキは勇の左側のトンネルに入り、今度は機械によって包装されるらしい。つまり、勇のパートは、ひとの手による最後の作業。それを任されていることにも勇は誇りにも似た自負を感じていた。

「油断するなよ」

タダカンの声がする。

「いやいや、この作業で油断も何もないですって」

単純作業だ。しかし、きれいに巻けると気持ちいい。リスクは少なく、達成感がある。そして何より作業に二者択一がない。

――これは、当たりを選んだかも。

勇は三度目に出会ったこのバイトこそ天職と言わんばかりにやる気をだしていた。

流れてくる。

バナナに布団をかける。

くるりと返す。

ぎゅっとする。

巻いちゃいました。

バイバイ。

流れてくる。

この繰り返し。

――楽勝バイトだ。

勇は徐々にリズムに乗っていった。

くる♪

かける♪

返す♪

ぎゅっ♪

巻いちゃいました♪

バーイ♪

上下にからだを揺らしながらテンポよく巻いていく。巻いていく。巻いていく。

ブー
ブザーが鳴り、一旦勇のパートの作業が止まる。しかし、何も流れてこないコンベアに勇はさみしさすら覚えていた。

――早く次の波がこないかな。

バナナの載ったパンケーキを待ち焦がれる勇。

「タダカンさん、マジでこのバイト、俺に合ってますよ」

勇はタダカンのいるであろう方向に向かって声を張る。今度は機械やブザーの音に邪魔されず彼の耳にも届いたようだ。

「だから、油断すんなって。この仕事はこっからだぞ」

勇にはタダカンの言っている意味がわからない。この作業が延々と続くなら、延々に楽勝なだけじゃないかと勇は思った。しかし、この「延々」というのが「地獄」となることをすぐに勇も気づくことになる。

くる♪

かける♪

返す♪

ぎゅっ♪

巻いちゃいました♪

バーイ♪

くる♪

かける♪

返す♪

ぎゅっ♪

巻いちゃいました♪
バーイ♪
くる♪
かける
返……す
……ぎゅっ
巻いちゃい……はぁ……ました
はい、次
――飽きた。
勇は単純作業のおそろしさを完全になめていた。右から左。右から左。右から左。延々と続く同じ作業の繰り返しが自らをロボット化していく。感情が徐々に鈍化していくのがわかる。手だけは動いているのだが、目の焦点すら合わなくなっていく。
そして、テンションが下がってくると、これまで気づかなかったこの現場のマイナスポイントが体に影響をもたらしてくる。
――暑い。
シャワーキャップのような白い帽子をかぶり、顔の半分をマスクで覆い、手首足首も隙間なくゴムで絞られたつなぎを着ているので、暑いのは当然なのだが、室内温度自体が確実に外より高かった。

「大丈夫か？」

　タダカンがひょこりと顔を出して、勇の体調を気遣う。

「異様に暑くないですか、ここ」

「ああ、それな」

　タダカンはすでにこの部屋の環境についても心得ているようだ。

「バナナの品質を維持するために、東南アジアの気候を再現してるらしいぞ」

「それ、逆効果じゃないです？」

「だよな。なんか昔は違ったらしいけど、最近社長が変わったらしくてさ。そいつのこだわりなんだと」

「そんなバカな」

「え？　いま『そんなバナナ』って言った？」

「いや、言ってないです」

「でも、そのバカげたこだわりで何人も作業員が倒れてるらしいぜ。表沙汰にはなってないけどな」

「マジで？　大丈夫ですかね、ここ？」

　さっきまで天職だと思っていた仕事に、勇は不安を覚える。

「さあな。でも、ばんばんひとが病院送りになるのをいいことに、人員減らして、コストカットしてるらしいぜ」

「くわしいですね、タダカンさん」

「まあな。俺、このバイト三度目だし」

この単純作業を三度も経験すればベテランの域だろう。「油断するなよ」の言葉の重みを勇は改めて感じていた。

そんなやりとりをタダカンとしながらも、勇の手は「巻いちゃいました」を続けている。

——汗がとまらない。

勇は休憩のアナウンスを待つ。しかし、いつまで経《た》っても交代要員はこないし、天井近くに設置されているスピーカーも沈黙したままだ。

「言っとくけど、あのねちっこい社員が言ってた『二時間に一回の休憩』はウソだからな」

「マジっすか？　ブラックバイトじゃないですか？」

「知ってきたんじゃねーのか？」

そんなわけはない。ルイーダからはそんな説明はなかった。いまさらだが、勇はこちらを選んだことを後悔していた。

――限界だ……。

ノッているときは休憩などいらないと思っていた勇だったが、飽きと暑さから、いまは十分働いて二時間休みたい心境だった。

「こっそりこっちの作業と替わるか？」

タダカンがまたひょこっと顔を出して勇に提案してきた。

「そっちは何やってんですか？」

「バナナの皮剝き」

バナナの皮を剝いて、中身をコンベアに載せていく作業らしい。足元のかごに皮を捨てるのだが、タダカンはその作業を立ってやるのではなく、うんこ座りをしながらやっているらしい。それで勇からはタダカンが顔を出すまで見えなかったのだ。

「でも、それも単純作業ですよね？」

「もちろん。でも、俺、一分間に七十七本、皮剝けるようになったぜ」

「いや、それ、すげーってなんないですよ」

「だな」

「あ、タダカンさん、いま皮付きのやつ流れていっちゃいましたよ！」

朦朧《もうろう》としながらも、白い裸のバナナの中に一本黄色いままのバナナが流れていくのを勇は発見した。

「マジで？」

タダカンはまったく慌てるそぶりがない。

「ま、ダイジョブだろ。あーいうのはこのあとの工程ではじかれるさ、きっと」

「そうですよね。ちゃんと最終確認とかするんですよね」

タダカンと話しながらも、勇は亜熱帯の熱と湿度を感じつつ、確実に体力が奪われていることを実感していた。ビニール手袋の中に汗が大量に溜《た》まっているのがわかる。

「おい、ほんとに大丈夫か」

「はい。たぶん」

大丈夫ではなかった。先ほどまで滝のように流れていた汗がぴたりと止まっていた。脱水症状の一歩手前。

「おい、勇！」

タダカンの声が耳に届いたとき、すでに勇の視界はブラックアウトしていた。遠くでタダカンが「誰かきてくれ！」と叫んでいるのが聞こえる。勇は四肢を痙攣《けいれん》させながら、その場に卒倒していた。

「大変だったね」

「はい。マジで」

勇はルイーダのところにバイト代をもらいにきていた。

熱中症になって倒れた後、結局医務室で寝たままその日のバイトは終わってしまった。ライン長はカタチばかりの心配をしたあと、予定の生産ノルマが達成できなかったことや、自分が監督不行届きで上に叱られることなどを勇にねちねちと嫌味っぽく告げた。

「今回もはずれ選んじゃいました」

「仕事に貴賤《きせん》がないように、バイトに当たりもはずれもないわよ」

そう言いながら二時間だけバナナを巻いた対価をルイーダは勇に手渡した。

「でも、今回はあまりに可哀想《かわいそう》だから、紹介手数料は引かないでおいてあげる」

「ありがとうございます」

勇はもらえる厚意も断らない。

「あと、これもあげる。去年の在庫だけど、まだ賞味期限大丈夫だから」

ルイーダがくれたのはおでんの缶詰だった。

「もうすぐ夏ですよ」

「いいじゃない、夏におでん食べても、冬にカキ氷食べても」

——冬にカキ氷よりはましか。

勇はそう自分に言い聞かせる。そもそももらっておいて文句など言うほうがおかしいのだ。バイト代だってもらえるだけありがたい。倒れて迷惑をかけたのは確かなのだから。

「ありがとうございます」

頭を下げたときにはもうルイーダは仕事に戻っていってしまっていた。

家に帰って冷凍庫にあったうどんを茹《ゆ》でる。うどんを取り出した代わりにおでんの缶詰を冷凍庫に入れておく。

冷やしたおでん缶をどんぶりに開け、茹でたうどんをそこに投入。「冷やしおでんうどん」の完成だ。愛知県出身の勇には少々物足りない味だが、悪くない。

――今度は八丁味噌溶かしてみよう。

地元の味を思い出しながら、ふとキッチンの隅に勇は目をやる。ルイーダからもらった缶詰の空き缶がずいぶん溜まってきていた。

――資源ゴミって何曜日だっけ。

上京してきてからいまだにゴミを出す日を覚えられない勇。そもそも勇はゴミの分別が苦手だった。「燃やす」か「燃やさない」か。分別も彼にとっては立派な二者択一だったからだ。

ゴミですか？　クズですか？

——またゴミクズか。

勇は自動販売機のつり銭返却口を探りながらため息をついた。あまりの金欠に大学構内の自動販売機に一縷《いちる》の希望を託してみっともない行為をしているのだが、手に入るのは誰かがわざとつっこんだくしゃくしゃのレシートやガムを包んだ紙などばかりだ。

——大学生はマナーが悪いな。

自分も大学生で、しかも、いましていることはもっと質《たち》が悪いという事実を棚にあげ「ちっ」と舌打ちをする勇。直後、そんな身勝手な自分に嫌気がさし「はあ」とため息が漏れる。

大学は長い長い夏休み直前。教室でも学生たちが講義そっちのけで夏休みの計画をこそこそと話し合っている。いまだ友だちのひとりもできずにいる勇は、もちろんどこかに遊びに行く仲間もいない。ひとり旅でもと思っても、そんな懐の余裕もない。実家に帰っても居場所がない。

――「ない」ことならたくさん「ある」のに。

切ないパラドックスで身を刻みながら、勇は隣の自動販売機も探ってみる。手にはなんの感触もない。勇はふたたび深いため息をついた。

「何してんの？」

突然声をかけられて、勇は驚きのあまり吐いていたため息を「ひっ」と吸い込んでしまった。見上げるとそこには休憩で缶コーヒーを買いにきたルイーダが立っていた。

「え、いえ、あの、ちょっと」

貧乏学生であることがすでにバレてしまっているルイーダといえど、あまりに情けないところを見られてしまい狼狽《ろうばい》する勇。

「ゴミがいい？　クズがいい？」

屈んでいる勇を見下ろしながらルイーダが訊ねてきた。

――どう罵られたいかってこと？　どんだけドSなんだよ。

ルイーダを見上げ、勇はため息をついた。

「バイトの話だけど」

勇の勘違いにその表情で気づいたルイーダはそう付け足した。

「ま、そう呼んでほしいなら呼んであげてもいいけど、クズ勇者くん」

「いえ、すみません。やめてください」

少し。ほんの少しだがぞくりとした奇妙な快感を覚えたのはルイーダにはないしょだ。

「それよりどんなバイトですか。ゴミとクズって」

「ゴミはそのまま。ゴミ収集の仕事」

ルイーダの紹介するバイトにしては普通だ。いつも珍妙なというか、レアなバイトを選ばせるくせに。

「じゃ、クズの方は？」

「こっちはね、玩具問屋から裏ルートで安く仕入れたトレーディングカードを、定価の倍の値段で小学生に売りさばく仕事よ」

「それ、大人がやっちゃいけないやつ」

「そうよ、だから人間のクズになるバイトなのよ」

勇はそちらを選んでしまったら、ひととして大切なものを失ってしまうような気がした。今回ばかりは二者択一でも迷わない。というか迷ってはいけない。

「じゃ、ゴミ収集の方でお願いします」

「あら、今回はすんなり決めたわね。いつもはあっちが、こっちが、ってめちゃくちゃ悩むくせに」

「ま、今日はほぼ一択でしたし。ゴミ収集なら普通にありそうなバイトですし」

「そうね。仕事自体はたいして珍しくもないけど、今回は職場というか、働くエリアがちょっとレアかもよ」

勇はルイーダから地図を受け取る。

「松に、これ、なんて字だ？　あの、この地名、なんて読むんですか？」

「松濤《しょうとう》。すごいお金持ちが住む地域よ。多分勇者くんには一生縁がないところね」

「しれっとひどいこと言いますね」

「あら、お金持ちになる予定でも？」

「そりゃいまはないですけど。卒業したらめちゃくちゃ稼ぐようになるかもしれないじゃないですか」

「バイトでもまともに満額稼げないのに？」

「うっ」

今日のルイーダは言葉に棘《とげ》がある。

「冗談よ。というより、縁がなくていいのよ。金持ちなんてろくな人種じゃないんだから。それをこのバイトで知るのもいい社会勉強かもね」

ルイーダはお金持ちに対して恨みでもあるのだろうか。偏見に満ちた意見に勇はそう思った。それに、高級住宅街でゴミの収集をするだけでお金持ちの生態がわかるとも思えない。だが、勇はひとまず頷いて話を合わせていた。

「このバイトは朝が早いから、遅刻だけは気をつけてね」

大学生は往々にして朝に弱い。毎日一限を埋めている学生は希少だし、実際朝一のキャンパスは閑散としている。

「がんばります」

勇もご多分に漏れず朝に弱い大学生のひとりだったため、「大丈夫」ではなく努力する姿勢をみせることでルイーダの安心と信頼を勝ち取ろうとした。

「じゃ、よろしくね」

立ち去ろうとするルイーダに、勇はちょっとした嫌味をぶつけてみる。

「今回の履歴書の写真はどんな風に撮ればいいんですか？　脱ぎます？　隠します？」

上半身裸だったり、目だけのアップだったり、変な写真を撮らされた恨みからだ。先日の一件でそれがルイーダのただの悪ふざけだったことは判明している。そのことがバレて彼女がどんな反応をするか勇は少したのしみだった。

「何言ってんの？」

ルイーダは振り返ると、これまでふざけた写真の指示をしていたことなど、まるで覚えていないかのような顔で、むしろ勇を非難するような目をして言った。

「今回の雇い主は行政。つまりお役所よ。ふざけた履歴書なんて持って行ったら、いくらわたしの紹介でも雇ってもらえないわよ。そこんとこ肝に銘じといてよね」

勇の顔の方に人差し指を突きさして、ルイーダは笑いなし、語気強め、プレッシャー増し増しで勤務態度へ注文をつけてきた。

「はい。すみません」

これまでからかわれていたことに対してのささやかな復讐のつもりが、叱られることになるとは。勇は肩を落としてしょんぼりとしてしまった。優等生ではないが、不良でもなかった勇は、大人に叱られることがこれまであまりなかったため、ルイーダの言葉に結構な衝撃を受けていた。

「百五十八のダメージってところかな」

一転ルイーダはにやにやと笑いながら言った。

「ダメージを数値化しないでくださいよ」

「いいじゃない。会心の一撃だったでしょ」

「痛恨ですよ」

「あら、何？　わたしがモンスターなの？」

「だって、俺、勇者なんでしょ」

「はは、そうでした。じゃ、ま、気を取り直して行っといで。でも、さっき言ったことは結構マジだから、気をつけなさいよ」

勇はルイーダが本気で怒ったのではないことがわかってホッとした反面、叱られた内容自体は正しかったことに不安を覚えた。

——もう二回もクビになってるしな。

いまのところ下着モデルの仕事しか最後までやり遂げた経験がない勇は、今回もクビになってしまうのではないかとびくびくし始めていた。

「何その顔？」

「いや、またクビになったらと思うと……」

「大丈夫よ、二度あることは三度あるって言うでしょ」

「それじゃダメじゃないですか」

「あ、そうでした。てへ♥」

ルイーダはわざとらしく舌を出しておどけてみせる。

「てへ♥、じゃないですよ。慰める気ゼロじゃないですか」

「だって慰めてないし」

「正直者か」

思わずツッコんでしまう勇。

「初めて言われた」

悪びれずに言い残して、ルイーダは今度こそ立ち去っていった。勇としても臆《おく》しているばかりでは仕方ない。四度目、いや、失態はあったもののクビになっていないのもあるので、三度目の正直として、今度はちゃんと最後まで仕事をやり遂げることを自分自身に誓い、いつもの証明写真機に向かった。

「イスヲカイテンサセテ、タカサヲソロエテクダサイ」

このカタコトを聞くのも四度目か、と勇は椅子を回転させながら思った。今回は真面目な写真。正面を向いて普通に撮れれば大丈夫だ。

しかし、勇は決断力に欠けるだけでなく、運も足りていない男だった。

ブブブ
撮影スペースと外界を区切っているカーテンの隙間からハエが一匹入り込んできたのだ。

「おわっ、ハエだ」

これからゴミの収集をするということを察しているのか、勇に親近感を覚えたようにハエは彼の顔の周りをブンブンと喧《やかま》しく飛び回る。

「ちょ、くそ、やめろって」

二者択一の次に虫が苦手な勇は、顔を振って避《よ》けるだけで精一杯だ。右へ左へ、前へ後ろへ、ヘッドバンギングを続ける勇。完全にハエに翻弄されていた。

カシャ

ブブブ
カシャ
ブブブ
カシャ
ブブブ
カシャ
ブブブ
カシャ
ブーン
まるで知っていたかのようにハエは五回目のシャッターがきられた瞬間、撮影スペースから出ていった。
——ハエにまでからかわれた……。
勇は情けなくなり、椅子に座ったままうなだれた。外でコトンと音がしても、すぐには立ち上がれなかった。
案の定、顔を振りまくっていたので、写真はぶれぶれ。なかにはハエの方にピントが合っているものまであった。しかし、奇跡的に一枚だけ、勇の顔にピントが合っているものが。目はハエを追いかけているため、視線は正面ではないが、気になるほどではなかった。

「運がいいのか、悪いのか」

自嘲気味に小さくつぶやいて、勇は家に帰った。明日に備えて早く寝ることにした。


バイト当日の朝、勇は走っていた。

——ヤバい。このままだと遅刻だ。

寝坊をしたわけではない。スマホのアラームと目覚まし時計のダブルスタンバイで、目覚めの悪さは克服した。問題はバイトまでの経路だった。

——やっぱり副都心線の方が正解だったかな？

集合場所の渋谷区清掃事務所は渋谷駅と表参道駅のちょうど中間に位置していたが、そこに勇のアパートから行くためには乗り換えが必要だった。それだけはどうしても避けたい勇は一本で行ける路線を探した。検索の結果、少し歩くが電車一本で行ける路線はあった。だが、そこには新たな問題があった。

——なんで、ふたつあるかなぁ。

そう、選択肢はふたつあったのだ。ひとつは山手線。もうひとつは副都心線。どちらも一本で渋谷まで行ける。勇は悩んだ。アパートから乗車駅が近いのは副都心線だ。しかし、勇はこの地下鉄に一度も乗ったことがなかった。知らない駅。未知の構内。そこにどんな二者択一が待ち受けているかわからない。そこで勇は乗った経験のある山手線を選んだのだ。

——で、信号故障とか、マジかよ。

山手線のダイヤは大きく乱れていた。事前にスマホで運行情報を見ておけばよかったのだが、勇はそれをしなかった。いや遅延を知っていたとしても副都心線は選ばなかっただろう。遅延よりも二者択一の罠《わな》の方が勇には怖い。

そして渋谷駅についた後も、勇はひとの波に押され、駅から脱出するだけで時間を要してしまった。結果、清掃事務所までの長い坂道を額に汗してダッシュしている。

「お、働く前からウォーミングアップとは、やる気満々だねぇ」

ぎりぎり集合時間に間に合った勇を、リーダーらしきひとが爽やかに迎えてくれた。嫌味ではなさそうだ。笑顔も柔和でやさしそうなひと。勇はついつい金田製パンの粘着質なライン長と比較してしまう。

「井田さんから聞いてるよ。今日からよろしくね」

握手を求められ、勇は恐縮する。

——随分フレンドリーなひとだな。

勇は手のひらにかいた汗をズボンでぬぐうとリーダーと暑い、もとい、熱い握手を交わした。

「じゃ、社本くんには多田くんとコンビを組んでもらおうかな」

その名前を聞いて一瞬ギクリとするも、勇はすぐに平静を取り戻す。

――いや、もう逆にタダカンさんいない方がおかしいし。

「うっす」

すでに作業服に着替えたタダカンが当たり前のように現れる。スポーツ刈りに淡いブルーの作業服がよく似合っている。

「おはようございます」

タダカンがいたことで一気に勇の緊張はほぐれた。大学入学以来いまだに友人のひとりもつくれていない勇にとって、タダカンは共に過ごしてきた時間がいちばん長い人物だ。勇は勝手に親近感を覚え、タダカンを慕うようになっていた。

勇も支給された作業服に急いで着替える。リーダーに事務的な諸注意を受ける。

「仕事の内容は多田くんに訊いてね」

「はい。タダカンさん、よろしくお願いします」

「おう。じゃ、説明はクルマん中ですっから、もう出発しようか」

そう言って、タダカンは勇を連れて、事務所の裏手に回る。そこには街でよく見るゴミ収集車が何台も止まっていた。

「今日俺らはこれな」

一台の収集車に乗り込む。タダカンはもちろん運転席だ。

「タダカンさん、免許持ってるんですね」

「そりゃそうだろ。俺いくつだと思ってんだ。クルマなんて十六のときから運転してるよ」

――ん？　十六。免許って十八からじゃなかったっけ。

勇は一瞬計算が合わないことに首をかしげたが、タダカンの記憶違いだろうと、そこは流した。

収集車は松濤エリアに向かって進んでいく。タダカンの運転は意外に丁寧で慎重だ。法定速度を守りつつ、着実に目的地を目指している。

「でもよー、勇」

前方から目を逸らすことなくタダカンが勇に話しかけてくる。

「おまえとはバイトでよく会うけど、いいのか？　一年のときからバイトばっかかしててよ」

「いや、俺、バイトしないと生活できないんで」

「ああ、勇はこっち側か」

何がこっちとあっちの境界線なのかはわからなかったが、タダカンの言いたいことは勇には伝わっていた。要はいま向かっている松濤とは逆側ということだ。

「タダカンさんこそ、バイトばっかりで大丈夫なんですか？」

「大丈夫って何が？」

「いや、単位とか卒論とか」

勇は疑問に思っていたことを思い切って訊いてみることにした。

「ああ、そういうの俺気にしてないんだわ」

「いや、タダカンさんが気にしなくても学校側がしてるんじゃ？」

「そうな〜。俺が入った頃は十年生とかもいたらしいんだけど、最近そういうの厳しくなったみたいだな。卒業という名のクビってのもあるらしいぜ」

「クビ」と聞いて勇はどきりとした。バイトをクビになって大学もクビなってでは洒落《しやれ》にならない。出席日数と単位だけはしっかりとっておこうと、改めて戒めを自分に課した。

「どっかのアイドルグループじゃねーんだからさ、卒業くらい自分のタイミングでさせろって話だよな」

テレビを持っていない勇は、タダカンの言うアイドルグループが誰なのか特定はできなかったが、なんとなく想像はついた。「○○卒業記念公演」と毎月のようにやっているあのグループだろう。

「タダカンさんの卒業したいタイミングっていつなんです？」

「ん〜、俺、学校大好きだからな〜。高校も好きすぎて四年行っちゃってたしな」

だはは、と笑いながらウインカーを出し、左にハンドルをきるタダカン。

――高校もダブってるのか。

豪快な人生を歩んでいるひとだだと、優柔不断で流されやすい性格の勇は、タダカンの自分を貫いた生き方を羨ましくも感じた。

「勇は俺みたいになるなよ」

「ダメですかね？」

大学からクビを宣告されるのは勘弁だったが、タダカンの生き方自体にはポリシーのようなものも感じていたので、素直に憧れの念を込めて言った。

「ダメ、絶対！」

タダカンは痴漢禁止や覚せい剤禁止のポスターのように勇の憧れを禁止した。

「やめとけ、やめとけ。俺は学校が好きだから学校にいる。そんだけだ。勇も好きなことややってみたいことがあるだろ？　そのために社会に出る必要があるならちゃんと四年で卒業しとけ」

いまのところ特に好きなこともやりたいこともない勇は、いまいち納得がいかなかったが、人生の七年先輩であるタダカンの言うことなので、心に留《とど》めておくことにした。

豪邸がいくつも建ち並ぶエリアに収集車が入った。

「ほい、このへんからだ。じゃ、勇、よろしく」

クルマに乗った直後タダカンから作業内容の説明を受けていたので、停車と同時にクルマを降りる勇。今日は「燃やせるゴミ」の回収日だ。家々の前に出されているゴミを、いちいち車を止めて降りて回収して、また乗って次へ、では乗り降りの時間だけでも結構なタイムロスになってしまう。そこで、ドライバーはクルマを運転し、もうひとりは走りながらついていき、ゴミをどんどん収集していく手法がベストだ。

「ここから八軒ほど、こんな感じのでけぇ一戸建てが続く。その先に高そうなマンションがあるから、そこまで走りながらいけるか？」

「大丈夫です。走るのは得意なんで」

遅刻すまいと走ったおかげでウォーミングアップも済んでいる。勇は収集車がスタートをきる前に、一軒目のゴミを背後のタンクに放り投げる。プレスプレートがゴミ袋を圧縮して、中に詰め込んでいく。これ一台で四十五リットルのゴミ袋が九百個程度入るらしい。タダカンが自分のことのように自慢気に教えてくれた。

勇は次の家の前に走る。ゴミを放る。今度ははす向かいの家に。ゴミを放る。ジグザグジグザグ。住宅地を豪邸から豪邸に、勇はゴミを収集しながら走り続ける。

八軒回ったところで、これまた豪奢《ごうしゃ》なマンションがそびえていた。

「お疲れ。大丈夫か、勇」

クルマを止めてタダカンが待ってくれていた。

「大丈夫です！」

勇はそう答えるも、タダカンは若干心配そうだ。それもそうだ。先日パン工場の作業では「大丈夫か」と訊かれて「余裕」と答えながら結果的に熱中症で倒れてしまったのだから。

「タダカンさん、今日は本当に大丈夫。俺、陸上部だったんで、走るのはほんとに平気です」

勇の元気そうな顔を見てやっとタダカンも安心してくれたのか、次の中継ポイントまで進むことになった。

「でも、勇、きつくなったらすぐ言えよ。あと、次の中継地点着いたら水分補給な」

「了解！」

大学構内では一度も顔を合わせたことのない先輩後輩であったが、ふたりは息の合った動きで次々とゴミを収集していった。勇の走りは車を最徐行よりも少し速いスピードで進めても追いつけるくらいだったし、タダカンの中継地点の押さえ方も絶妙で、勇は息がきれる前に適度に休憩を入れることができた。

「いや、いつもよりあがり早いわ」

タダカンが帰りの車中で嬉しそうに言った。

「そうなんですか」

「ああ、勇とはかなりやりやすいな。おまえ、向いてるかもなこの仕事」

「はは、パン工場のときも同じこと思いましたけどね」

「まあ、あれはあそこの環境も悪いって。でも、この仕事は勇の脚を活《い》かせてるしな」

「そう言ってもらえるとマジうれしいです」

優等生でも不良でもなかった勇は、叱られることもなかったが褒められることもあまりなかった。先輩のタダカンに、お世辞かもしれないが持ち上げられたのは、素直に喜ばしいことだった。

「つか、大学でも陸上やればいいんじゃね？」

タダカンは勇が陸上をやっていたという経験から、至極当然な質問をしてきた。

「いや、もう走るのはいいかなって」

「ん、なんでよ。さっき走ってるおまえみてたけど、なんかフォームっての？　かっこよかったし、本気で走ればもっとはえーんじゃねーの？」

照れくさくなるような褒め言葉に勇の顔がほころぶ。しかし、勇はもう競技で走るのはやめることにしていた。

「走るのは好きなんですけど、そればっかりに夢中になっちゃって。俺、ふたつのどちらかを選ぶのも苦手なんですけど、ふたつのことを同時にやるのも苦手で」

「どゆこと？」

「高校んとき、部活引退してからも走るのやめられなくて。ひとりで毎日走ってたら受験勉強するの忘れちゃって。気づけば三年の秋になってて、で、浪人決定って感じで」

自分でもなんともバカらしい理由で受験を失敗したな、といまでも反省している。そのせいで浪人し、親にも迷惑をかけ、挙句、いまの貧乏生活だ。

「ははは。真面目だな勇は。でもいいじゃねーか。好きなことやり続けて他のことが手につかねーなんて。俺は好きだけどな、そういうヤツの方が」

「あざっす」

照れ隠しから軽くお礼を言ったが、勇の目頭は少し熱くなっていた。本当にタダカンはうれしいことを言ってくれる。

清掃事務所に帰るとリーダーが迎えてくれた。

「お疲れさま！」

爽やかな声と共にすっと右手が差し出されている。意味がわからず勇がぼーっとしていると、右手を摑まれ、強引に握手をさせられた。

「お疲れさま！」

もう一度リーダーは手を強く握りながら勇の目を見つめて言った。

「あ、ありがとうございます」

タダカンも同じように「お疲れさま」と右手を差し出されている。どうやら日常のことらしくタダカンはそれも仕事の一部といわんばかりに握手をしている。

更衣室で着替えるときにそっと質問してみた。

「初対面だから挨拶するってわけじゃないんですか？」

「あー、あれな」

作業服を脱いでパンツ一丁になったタダカンが答える。そのパンツがどこかで見たような緑のブリーフだったのを勇は見て見ぬふりをすることにした。

「なんかリーダーがまだ現場回ってるとき、上司がすげえいやなヤツだったらしくてさ。仕事から戻ってきた部下の手が汚いからすぐに洗ってこいっていつも言ってたんだと。ま、ゴミを集めてんだからそりゃ汚れてるわな。でも、頑張って働いてきたヤツに対して『おまえらは汚い』みたいなこと言うのはひどいって思ったらしいぜ。だから、リーダーは自分がその上司のポジションになったら『きみたちの手は汚れてなんかいない』って意味で握手を必ずするようにしたんだと」

――アツいひとだなぁ。

エピソードを聞いてやっとあの握手の意味がわかり勇は感心した。そして、この職場なら続きそうだとも思った。しかし、その思いはただの思いに終わってしまうのだった。

ゴミの収集バイトを続けて二週間。その日は雨だった。雨だろうと関係なく勇はいつもどおりのスピードで走った。しかし、負けじと雨脚もどんどん強くなる。アスファルトに雨ははじかれ、空気全体が白く濁ってきた。視界が悪い。

「勇、今日は早く終わらそう。中継地点いくつか飛ばすけど大丈夫か？」

「了解です」

勇の負担を少しでも減らそうというタダカンの配慮だった。勇にもそれがわかったので快諾した。しかし、これがよくなかった。スピーディに進んだせいで、いつもの収集時間より少しずつ前倒しに家々を回ることになってしまったのだ。

タダカンの運転する収集車が少し前を走っている。勇はそれに追いつくべく脚の回転をあげた。斜めに走っていくと、ある一軒のお宅の前にゴミが出されていなかった。遠目で見るとなんだかよくわからない置物が玄関にある家だ。勇は勝手に「変な置物屋敷」と名づけていた。しかし、この家に限ったことではなく、ゴミが指定日に出ていないのは、このエリアでは珍しいことではない。訊けば、頻繁に旅行に行くのが金持ちという生き物らしい。ゴミどころか家にひとがいないこともしばしばだとか。

その家も旅行か何かだろうと勇はふたたびはす向かいに走り出そうとした。

しかし、視界の端で、何かが動く気配があった。勇はそちらに顔を向ける。そこには玄関を開け、ゴミを出そうと傘をさしかけた女性の姿があった。

勇は前を見る。クルマはさらに前に行ってしまっている。タダカンからは勇の位置が正確に把握できていないようだ。追いつかないと。でも、ゴミを出そうとしているひとがいる。

——ゴミをもらってからダッシュするか。

勇の頭にひとつの選択肢が浮かぶ。そして、その選択肢をすぐに実行に移せばよかったのに、さらにもうひとつの選択肢が浮かんでしまう。

——見なかったことにするか。

女性は傘が開けづらいのか、もたもたとしていてしばらく玄関から出てきそうにない。大きな家なので、玄関から門までもそこそこの距離がある。これを待っていたら収集車はどんどん先に行ってしまう。最悪、引き返してもらわないといけなくなる。それはかなりのロスだ。幸い、今日は燃やすゴミではなく、プラゴミの日。今日収集しなくても腐ることはないだろう。勇はそんな勝手な解釈で二個目の選択肢の正当性を高めようとしていた。

——悩むけど……。

勇は「見なかったことにする」を選んだ。出走スタイルをとってきれいなフォームではす向かいの家を目指した。背後で「あ」と声がしたが「見なかったこと」に加え「聞こえなかったこと」にもして勇は収集車を追いかけて走った。

中継地点でタダカンはタオルを持って待ってくれていた。ゴミ袋をふたつタンクに放り投げ、タダカンからタオルを受け取り、濡れた頭と顔を拭いた。

「ん？　ふたつだけ？　やけに少ねーな」

勇はギクリとした。一軒、ゴミを出しかけていたのに見て見ぬふりをしてスルーしてきたことを言おうか言うまいか迷った。すごく迷った。しかし、すでにタダカンは勇が黙るときは迷っているときだと知っている。

「もしかして、どこかの家、飛ばしてきたのか？」

逡巡《しゅんじゅん》している理由をずばり言い当てられ、勇は観念して首をこくりと垂れた。

「どこだ？」

タダカンの口調が珍しく厳しい。いや普段が見た目と違って穏やかなのだ。いまは威圧感のあるタダカンの雰囲気どおりの声が勇に向かって発せられている。

「三軒手前の、玄関に変な置物がある……」

そこまで言うと、重低音だったタダカンの声が、爆発したように弾《はじ》け、どしゃ降りの雨音すらかき消してしまう。

「おい！　あそこだけは絶対に飛ばすんじゃねー！　いますぐ戻ってゴミ取ってこ

い！」

勇はタダカンのあまりの怒号に一瞬息が止まるほど驚いてしまった。しかしすぐに「はい」と返事をして「変な置物屋敷」へ引き返した。だが、そこにはゴミは出ていなかった。収集車が行ってしまったことに気づいたさきほどの女性が持ち帰ってしまったのだろう。

ふたたびクルマに戻ってそのことをタダカンに告げると、彼は「仕方ねえな」とつぶやいた。

「大声出してわりい」

そう言ってはくれたが、その後タダカンは一言も発せず、勇も話しかけることができなかった。松濤からの帰り道。まるで車中でも雨が降っているかのような冷たく重苦しい空気が、勇の頭や肩をざーざーと打った。

「もう大丈夫なの？」

ルイーダにそう言われて勇はしょんぼりとうなずいた。ルイーダには今回も申し訳ないことをしてしまった。勇はただただ雨の中での二者択一の間違いを悔いた。

勇はあの日、帰ってから風邪《かぜ》で寝込んでしまった。雨に濡れたまま帰宅し、そのまま布団にもぐりこんでしまったのがよくなかったのだろう。しかし、そのときの勇には銭湯に行く気力がなかった。それだけタダカンに怒られたことがショックだったのだ。

ただ、風邪自体はすぐに治った。さすが二十歳の体力と回復力といったところだろうか。しかし、勇はその後も清掃員のバイトに行かなかった。リーダーから電話がかかってきても行かなかった。無断欠勤は二週間続いた。

「社本くん、申し訳ない。こちらもこれ以上はちょっと難しいよ。残念だけど……」

リーダーの本当に申し訳なさそうな声での解雇通告を留守電で聞いたとき、勇は自分自身を激しく責めた。

――なんて情けないんだ、俺は。

優柔不断で二者択一は苦手なくせに、バイトに「行く」か「行かないか」の択一では迷わなかった。怒られたのは自分のミスのせいなのに、挽回《ばんかい》しようともせず、ただ逃げの一手を選んだのだ。

二週間。よく待ってくれた方だ。何の連絡もなくこなくなったのだ。職場放棄ととられて当然である。勇は右手をそっと見る。「お疲れさま！」と両手でリーダーに握られた感触がよみがえり、余計に勇の胸を締め付ける。

事情を知っているはずのルイーダは勇を責めなかった。そして、バイト代だけでなく「クスリ代」と言ってお金を少し貸してくれた。

「やさしさの方がきついときもあるでしょ」

ルイーダはそう言って去っていった。「反省しろ」ということなのだろう。勇は「すみません」と遠ざかるルイーダの背中につぶやいた。

——早く返してしまおう、この借金も。こんな気持ちも。

三度目のクビ。いまだ、勇にレベルアップのファンファーレは聞こえてこない。

借りる？　貸す？

今月はちゃんと仕送りが振り込まれていた。勇は「よかった」と胸をなでおろしながら家を出る準備をする。

大学は夏休みに入ってしまった。講義もないし、キャンパスには学生も少ない。それでも勇が大学を訪れたのはルイーダに借りたお金を返すためだ。

だが学食にも売店にもルイーダはいなかった。思い切って生協職員事務所を訪ねてみる。大学にも四ヶ月ほどいると大体の施設も把握できてくるものだ。

ルイーダは事務所にはいなかったが、他の職員がいそうな場所を教えてくれた。


「ルイーダさん」

勇は小声でルイーダに声をかけた。

「あら、勇者くん。珍しい場所で会うわね」

ルイーダはいつものボリュームで勇に応じた。

「ちょっと、ルイーダさん、図書館なんで」

生協職員事務所で「ルイーダならこの時期よく図書館にいるよ」と教えられ、勇は瞬間「ルイーダ」と「図書館」がつながらなかった。知的な顔立ちはしていたが、それは先天的なもので、書物から何かを学ぶというタイプに見えなかったからだ。

「大丈夫よ、このくらい。それにひといないし」

確かに図書館には司書とルイーダと勇しかいなかった。司書もカウンターで何やら作業をしており、こちらのことなど気にもとめていない。

「どうしたの？　本でも借りにきたの？　あ、わかった！　冒険の書だ！」

「違いますよ」

ルイーダのボケを軽くいなし、勇はお金を返しにきたことを告げた。

「ああ、あれか。いつでもよかったのに」

「いえ、ほんとに助かりました。ありがとうございます」

もらえるものは何でももらう主義の勇だが、借りたものは必ず返すというポリシーも持っていた。せっかく「借りる」か「借りないか」の二者択一をクリアしたのにその先に「返す」か「返さないか」の二択が待ち受けているなど我慢ならない。借りたら返す。その筋道は一本化されているべきだと勇は考えていた。

「で、どうする？　まだ借りる？」

本の話ではない。お金の話だ。必要のない貸し借りはしないにこしたことはない。

「遠慮しときます」

勇が答えるとルイーダは読んでいた本を閉じて、隣の椅子を引いた。勇は促されるまま
そこに着席した。ふと気になってルイーダの読んでいた本の表紙に目をやる。【二択の洗脳力】とタイトルにある。二者択一が嫌いな勇は絶対に手に取らない本だ。それにしても、「洗脳」とは穏やかではない。ルイーダはいったい何が目的でこんな本を読んでいるのだろうか。勇の視線に気づいたのか、ルイーダはすっと本を遠ざけた。確かに読んでいる本を他人に詮索されるのは気分のよいものではないかもしれない。勇は「それ、どんな本ですか？」という質問をぐっと飲み込んだ。

「逆に貸す方はどう？」

――あれ、この二択は？

「バイトの話だったんですか？」

「そうよ。お金を返しにきた人間にまた借りろなんてそんな闇金みたいなことしないわよ」

――紹介してくれるバイトは時々「闇」っぽいのもまじってるけどね。

「じゃ、借りるってのもバイトなんですか？」

「そう。この界隈《かいわい》には学生ローンも多いでしょ。そこで限度額目一杯借りて、カード審査がおりない可哀想なひとに貸してあげるっていうマザーテレサのようなバイトよ」

「それ、まずマザーテレサに謝った方がよくないですか」

「そうね。ごめんなさい、テレサ」

ルイーダはさすがにふざけすぎたと思ったのか、天井に向かって手を合わせ、謝意を述べた。

「やる？」

「やりませんよ。確実にアウトなやつじゃないですか」

勇はテレビも持っていないいまどきの大学生ではあったがニュースに関心がないわけではなかった。その手の名義貸しやロンダリング的な行為が犯罪になるくらいの知識はあった。

――ルイーダはそっち系の人脈もあるのかな。

今後もつきあっていいかという不安よりも、ルイーダが大丈夫なのか、と彼女自身の心配の方が勇には大きかった。ルイーダがいいひとであることはすでにわかっていたし、誰とつきあいがあろうが、勇のその評価は変わらない自信があった。

「貸すバイトは？」

「正確には貸した金を返してもらうバイトね。この前ゴミの収集やったでしょ？　こっちはお金の回収だと思えばいいわ」

「だいぶ違いません？」

「いっしょよ。ゴミだってもとは有用だったものの成れの果てでしょ。借金だって、取り立てられるまでは借りた人間にとっては必要なものだったわけじゃない」

「そういう見方をすればそうかもしれませんけど」

それでも特殊な見解であることに変わりはない気がした。

「どうする？　やるの？　やらないの？」

「合法なんでしょうね」

「もちろん」

「なら」

「はい、決まり！」

仕送りがあったとはいえ、実家から勇に振り込まれるのは、妹の習い事や服やその他もろもろ彼女のほしがるものを購入したあとの残りの家計から捻出される僅かな額だ。バイトをせずに今月を乗り切る自信はなかった。

「スーツ持ってる？」

ルイーダの不意の質問に勇は面食らった。

「なんでスーツがいるんですか？」

「なによ『ぬののふく』でもいいの？」

「意味がわかりません」

「そうだったわね。このジェネレーションギャッパーが！」

「そう言うルイーダさんは何歳なんですか？」

「その質問、もう一回したら殺すわよ」

ぎろりと睨まれて勇は震え上がってしまった。

——ルイーダさんが取り立てやれば一発じゃないのか。

そう思えるほど恐ろしい視線だった。ルイーダは般若《はんにゃ》の面をすぐにはずし、いつもの表情でスーツ着用の理由を説明してくれた。

「ムチ役は他にいるから、勇者くんにはアメ役をやってほしいんだって」

「ムチ？　アメ？」

「借りたお金を回収するのも大変ってことよ。じゃ、今回は履歴書の写真もスーツで撮ってね」

そこまで伝えるとルイーダは読んでいた本を持って図書館を出て行ってしまった。読書の邪魔をしてしまったかな、と勇は思ったが、そもそも彼女も仕事中のはずだ。そんなに図書館に長居はしないだろう。

レポートを書くために時々きたことはあったが、やはり図書館は勇にとって居心地がよい場所ではなかった。ルイーダにお金も返せたし、新しいバイトも紹介してもらったし、用はすべて済んだ。勇はそそくさと本の森から脱出した。

アパートに帰り、机の引き出しの中を探る。スーツの写真でよいなら、わざわざ証明写真機で撮る必要はない。入学式のあと、スーツ姿のまま学生証用の写真を撮った。その残りがきっとあるはずだ。

「あった！」

入学式だというのに髪の毛はぼさぼさのまま。スーツも適当に買ったので、サイズが合っていない。肩のパッド部分が不自然に左右に突き出ていて、それこそ鎧《よろい》を着ているようだ。

「こういう自分を変えたくてバイト始めたんだっけ」

そもそもは見た目から変えようとルイーダに頼ったことが始まりだったのを勇は思い出していた。懐かしくもあり、恥ずかしくもある。なぜなら、春から夏にかけて、勇はまったく成長した実感がなかったからだ。

「大学デビューをするには完全に機を逸したしな」

写真のいかり肩とは逆に、両肩を八の字に落としてがっかりする勇。とりあえず、しまっておいたスーツを取り出す。明日はこれを着て、借りたものは返すという当然のルールを守ってもらうために出勤しなければならない。

いつかは自分もスーツを着て毎日会社に通うことになるのだろうか、と約四年後の自分を想像してみる。

「ダメだ。イメージできない」

スーツについてしまった防虫剤の臭いに鼻をくしゅくしゅしながら、「社会人、社本勇」という拙い未来予想図を頭の中でくしゃくしゃにする。


バイト当日。仕事内容の説明をしてくれたひとは、いたって普通のサラリーマンといった風貌だった。渡された名刺のいちばん上には超有名なクレジットカード会社の名前が記されていたが、そこのグループ傘下で、肝心のこの男の所属する会社は聞いたこともない名前だった。

「社本さんですね。本日はよろしくお願いいたします。この三名とあなたでひとつのチームとなります。社本さんはこの中でもいちばん年長ですし、リーダーをお願いしてもよろしいですか」

突然リーダーに任命されて面食らう勇。しかし、サラリーマン風の男は構わず続ける。

「こちらが債務者のリストです。当社が親会社から譲渡されたものです」

リストに視線を落とすと債務者の住所に見慣れた漢字があった。

「あの、松濤に住んでるひとも借金とかするんですか？」

「しますよ。むしろ『元』お金持ちの方が質が悪いです。一度上げてしまった生活水準を下げられず、収入を上回る出費を繰り返す。複数のカード会社のブラックリストに載っているひととかもいますよ。それでいて電話で督促するとお手伝いさんとかが出るから笑ってしまいますよね」

まったく笑ってない顔でサラリーマン風の男は淡々と続ける。

「ぼ、僕は何をすればいいんですか？」

「基本的な台本をお渡ししておきますので、大体このとおりに話してください」

もらった紙には「①本人確認」「②自己紹介」「③督促」の三点にわけてシンプルな問答集が記されている。逆に言うとそれ以外のマニュアルは特にないようだ。

「彼らは？」

サラリーマン風の男の後ろにいる「やんちゃ」そうな少年三人のことが勇は気になっていた。

「彼らは社本さんの横でただ債務者を睨むだけの役です。それ以上のことをすると法に触れてしまうので。もし、債務者に触ろうとしたり、過度な脅し文句などを発しようとしたら社本さんの方で止めてください」

「過度な脅し文句？」

「なめてんのかコノヤロー、殺すぞコラ、家族がどうなっても知らねーぞ、などですね」

再現しているだけなのだろうが、サラリーマン風の男の脅し文句はお金を借りていない勇ですら恐怖を感じてしまうほど、重低音でドスのきいた恐ろしいものだった。

「あと、債務者のお宅に訪問するときは二名が基本です。必ず二名でチャイムを鳴らしてください」

「え？　でも、僕以外に三人いますけど」

「残りのふたりはお宅の前ではなく、遠巻きに見えるくらいの位置に立たせてください。この遠いけど見える位置というのがポイントですよ。おわかりですね」

「は、はあ」

　サラリーマン風の男が言っていることはわかるのだが、それは果たしてＯＫなのか、そこが勇は気になった。しかし、さきほどの再現恫喝《どうかつ》を聞いたあとで、この男に余計な質問をする度胸《どきょう》は勇にはなかった。

　サラリーマン風の男が立ち去ったあと、勇は今日一日行動を共にすることになった三人に挨拶をすべく歩み寄ろうとした。すると、勇が近寄るより先に三人の方が詰め寄ってきた。

「おまえどこ中《ちゅう》？」

頭をまっきんきんに染め上げた少年がポケットに両手をつっこんだまま、下から見上げるように勇を睨みながら訊いてきた。

「え？　中学？　言ってわかるかな。愛知の中学だけど」

眼光の鋭さに気圧《けお》されて勇は少しあとずさりながら答える。

「アイチって何区よ？」

まゆげがほとんどない少年が、これまた鋭い目つきで勇を睨みあげてくる。

「何区？　愛知は東京じゃないけど」

「はあ。じゃ、チバかよ、サイタマかよ」

夏なのにマスクをつけた少年が眉間にしわを寄せながら顔を近づけてくる。

「いや、そのどっちでもないよ。つか、愛知県知らないの？」

出身中学を訊く前に、小学生でも知っていることを知らないこの三人に勇は驚いていた。

「あ、いまてめーオレらのことバカにしたろ？」

「はあ、マジで？　オレらこんなヤツになめられてんの？」

「こりゃシメるしかねーべ」

バカにしていないとも言い切れない勇は弱ってしまった。三方から三人が距離を縮めてくる。

「ごめん。バカにしたように聞こえたなら謝るよ」

「はあ？　あやまってすめばポリいらねーっしょ？」

「それな」

「でも、オレらおまわりのせわになってばっかだけどな」

「たしかに」

そう言いながら三人は声をあげて笑った。どうやら勇をシメる話は中断になったようだ。勇はほっと胸をなでおろしつつも、この三人といっしょに仕事をすることに不安が募っていた。

――てっきり今日も相棒はタダカンさんだと思ったのに。

これまでルイーダに紹介されたバイトでは必ずいっしょになっていたタダカンが今日はいなかった。「ムチ役」も、威圧力抜群のタダカンならぴったりだと思ったが。

――愚痴っても仕方ないか。

勇は気を取り直し、リストのいちばん上にある債務者の家を目指した。


――ここは……。

見覚えのあるかたちの門。忘れられない玄関前の珍妙なオブジェ。あの雨の日のワンシーンが勇の脳内で再生される。ゴミを出しに玄関を開けた女性。二者択一の葛藤の末、その女性を見なかったことにした勇。

——変な置物屋敷だ。

もう一度債務者リストを確認する。【眞戸美千代《まどみちよ》】とある。表札の名前も【眞戸】だ。ここで間違いないらしい。

もともと気乗りしないバイトだったが、さらに一軒目からケチがついてしまった。まさか前のバイトをクビになった元凶の家に、次のバイトで訪問することになろうとは。

——出かけててくれないかな。

勇はできれば顔を合わせたくないと思った。向こうは勇の顔など知らないだろうが、こちらには見て見ぬふりをしてしまった負い目がある。そんな状態で、もらった台本のような冷徹な対応ができるとは思えなかった。

まゆげなしの少年とマスクの少年を道の反対側で待たせて、まっきんきんの少年と門の前に立つ。

人差し指を突き出すも、チャイムまで届かない。手が震えているのだ。

「おさねーの？」

まっきんきんの少年が怪訝そうに勇の顔を覗き込む。

「押すよ。押します」

しかし、チャイムのボタンまで残り一センチのところで勇の人差し指は前進をやめてしまった。

——やっぱりここは後回しにしよう。

心の準備ができていない状態で臨むのはよくない。変な失敗につながりかねない。そう自分の臆病風に正当性という勢いをつけてやる。

「おさねーなら、オレがおすぜ」

そう言ってまっきんきんは、親指で力強く門のチャイムを押した。

「あー！」

勇が叫んでも遅い。おそらく豪邸の中で「ピンポーン」という音が響いているだろう。

——切り替えろ俺。今日はゴミ収集じゃない。取り立て屋としてきたんだ。

借りた金を返していないのは相手の方だ。こちらに理がある。そう自分に思い聞かせ、逃げてしまいたい気持ちを抑えつける。

しかし、しばらく待っても何の反応もない。

「あん？　いるすかよ」

まっきんきんは勇の制止する間もなく二度目のプッシュをする。いや、二度目ではない。その後、三度、四度と連打していた。

「やめなさい。やめなさいって」

やっとのことでまっきんきんの手をチャイムから引き剝《は》がし、一歩門からさがる。だが、やはり玄関は閉ざされたままだ。家の中にもひとがいるような感じがしない。

「ほんとに留守じゃないのかな」

ひとり言のつもりで勇はつぶやいた。

「くそ。一けんめからはずれかよ。ついてねーな。あんたはどうかしんねーけど、オレらはブアイなんだよ。かずがへるとこまんだよな」

バイト代のシステムについては知らなかった。勇は日当だと聞いている。しかし、彼らが困ろうが、この家が留守なのは勇にとって助かった。

「ま、仕方ないよ。次行ってみよー」

「なにうれしそうにしてんだよ、コラ」

まっきんきんにおしりを蹴られた。本気のキックではなかったが、不意をつかれたのもあり勇はよろけて前のめりに転んでしまった。思わず両手をつくも、ざりっと手のひらを擦った感触があり、続けてすぐ痛みの信号が脳に届いた。

「なんだよ、なさけねーな。こんくらいで」

頭の上でまっきんきんのバカにした声がする。道の反対側からまゆなしとマスクの下品な笑い声も聞こえた。勇はアスファルトを目の前に見ながら、無性に腹が立ってきた。おそらく五つは下であろうこの少年たち。勇と同じくお金に困ってこのバイトをしているのだろうが、それならチームリーダーである勇にもっと敬意を払うべきではないのか。

仕事とは、組織とはそういうものではないのか。

勇は起き上がり、背筋を伸ばしてまっきんきんの前に立った。身長は勇の方が彼ら三人より十センチは高い。まっきんきんを見下ろしながら年長者として、リーダーとして勇は物申した。

「すぐ暴力に訴えるなよ」

毅然とした態度のつもりだった。しかし、声はぷるぷると小型犬のように震えていた。

「あ？　せっきょうか、コラ？」

まっきんきんが「がん」を飛ばしてくる。年下とは言え、揉《も》め事《ごと》や荒事《あらごと》なら勇の何十倍も経験してきたのだろう。威圧感が違う。しかし、勇も負けるわけにはいかない。勇にとっても痛手だが、背に腹はかえられない。勇はとっておきのカードを切った。

「きみらがそういう態度なら俺はこのバイトやめさせてもらう」

「は？　なにかっていってんだよ。オレらはかずこなさねーとこまるってさっきいったろうが」

「知ったことか」

勇の口調も少々荒々しくなる。口喧嘩《くちげんか》すら人生で数えるほどしかしたことのない勇にとってこの先は未知の領域だ。

「てめえ」

まっきんきんの右拳が勇に飛んでくる。しかし、勇は写真機の中でハエをかわし続けた男だ。まっきんきんのパンチはまさにハエがとまるほどのスピードに見えた。スウェイでかわし、バックステップを踏む。空振りをした拍子にまっきんきんが体勢を崩した。

——俺にこんな才能があったとは。

しかし、下手にかわしてしまったのがよくなかった。まっきんきんはプライドを傷つけられ、もはや一発殴っておしまい、というわけにはいかない顔をしていた。まゆなしとマスクも駆け寄ってきている。三人がかりで襲われたら下手すると大怪我《おおけが》だ。勇は身を翻して、走り出した。

「こら、てめえ、にげんな」

まっきんきんとまゆなしとマスクが、鬼の形相で追いかけてくる。勇は全速力で逃げる。

「なめてんのかコノヤロー」

「ころすぞコラ」

「かぞくがどうなってもしらねーぞ」

どれも過度な脅し文句だ。もちろんそんなので立ち止まる気はない。しかし、勇の足は別の理由で止まってしまった。

「お、勇じゃねーか」

高級住宅街のど真ん中で勇の名前を知っているひとなど、ひとりしか思いつかない。

「タダカンさん！」

そこにはゴミ収集員の作業服を着たタダカンがゴミ袋を両手に持って立っていた。

「何してんだ？　スーツなんか着て」

「いや、ちょっといま立て込んでまして」

タダカンへの説明は後回しにして再び走り出そうとした勇だったが、さすがは十代の体力。まっきんきんら三人は勇に追いつき、逃げられないように三方からにじり寄ってきた。

「かくごしとけよ、てめぇ」

まっきんきんがゆっくりと近づいてくる。

「なんだ、このガキらは？」

タダカンがなにやら不穏な状況であることを察して、声をかけた。

「うるせーな、おっさんはひっこんでろよ」

ステレオタイプではあるが、気合いの入った威嚇だ。しかし、タダカンはなぜかにやにやしながら、少年たちと勇の間に割って入る。

「タダカンさん、あぶないですって」

タダカンを巻き込んで彼にまで怪我をさせる訳にはいかなかった。だが、タダカンは気にもとめていない様子だった。逆に勇が発した名前に三人の少年たちの方が反応した。

「タダカン？」

「タダカンって、あの江古田の!?」

「いやありえねーだろ」

何やらざわざわと三人で話し合っている。タダカンは「はあ」とため息をついて、何かを諦めたように帽子を脱いだ。

「あ！　そのかみがたは、やっぱり」

タダカンのスポーツ刈りに反応し、何かを確信する三人の少年たち。タダカンがその表情を確認してから口を開いた。

「確かに俺が江古田のタダカンだ。でも、もう随分昔の話なのにおめーらみたいなガキがよく知ってたな」

まっきんきんが急に顔を輝かせてタダカンに近づいていった。

「オレらもジモト江古田なんスよ。つか、タダカンさんのぶゆうでんはパイセンたちからめちゃきいてたっス。オレらそのでんせつにあこがれてフリョーやってんスから」

「オレもっス」

「じぶんもっス」

まゆなしもマスクも同様に高揚した声でうれしそうに叫ぶ。

「そか。こんなんに憧れちまったか。しょーがねーやつらだな」

まんざらでもなさそうな顔でタダカンが言うと、三人は「マジあえてうれしいっス」とタダカンを囲んで興奮している。すでに勇包囲網は解かれ、逆に蚊帳《かや》の外に追い出されてしまった。

「じゃ、ま、なんでこいつを追いかけてんのか知んねーけどさ、こいつ俺の後輩なんだわ。許してやっちゃーくれねーか」

タダカンの言葉に、一瞬三人は勇の顔を見るが、もうそこに怒りはなかった。

「もちろんっス」

声を揃えて言うと、逆に勇の方に向き直って頭を下げた。

「さっきはさーせんした」

「あんた、いえ、しゃもとさんがタダカンさんのこうはいなら、オレらのパイセンってことなんで、こんごはマジリスペクトしていくんで、よろしくおねがいしまっス」

「今日はもうバイトおわりでいいっス」

「しゃもとさんの言うとおりにしまっス」

まっきんきんとまゆなしとマスクは勇の意思に関係なく勝手に舎弟宣言をすると、タダカンに深く一礼をして、勇の背後にボディガードのように三人並んで立った。

「ま、その、なんだ。俺のことはまた今度話すよ」

「あ」

勇が呼び止める間もなくタダカンは、ゴミ袋を持って収集車の方に走って行ってしまった。あまり触れられたくない過去だったのかもしれない。しかし、そのおかげで助かったのは確かだった。

——タダカンさんに謝れなかったな。

勇は安堵のため息と共にネクタイを緩め、ひとりごちた。首元にびっしょりと汗をかいている。世間は夏休み真っ只中。全力疾走するには向かない季節だ。

勇はまたしてもルイーダに謝らなければならなかった。

やんちゃ三少年の取りなしのおかげで、サラリーマン風の男に恫喝されることはなかったが、何も仕事をしていないということで即クビにされてしまったからだ。

「本当にすみません」

ルイーダの前で深く頭を下げる勇。しかし、ルイーダはあまり気にしていないようだ。

「ま、クビ記録更新ってことでいいじゃない。わたしもここまでくると、勇者くんの伝説がどこまで続くか見てみたくなってきたわ」

——そんな不名誉な伝説はこれ以上残したくない。

勇はそう思いながらも、クビになっているのは事実なので素直に反省する。

「というわけで、今回のバイト代はなしでいいかな」

「はい、もちろんです」

「でも、これあげる」

ルイーダはエプロンのポケットから直径十センチ、厚さ五センチほどの大きな缶詰を取り出した。ルイーダのポケットがどんな構造になっているのか一度調べてみる必要がある。

「これは？」

「シュールストレミング。スウェーデンのお土産なんだけど、勇者くんにあげる」

「ありがとうございます。早速帰って食べます！」

「いや、今すぐはダメ。どうしても、どうしても、どうしようもない状況になったら開けてみて」

「なんですか、その玉手箱的なやつ」

「いいから、言うとおりに」

勇は浦島太郎のラストに納得のいっていない人間ではあったが、ルイーダの言うことは聞いておこうと思った。

――いつか、死にそうなくらい腹へったら開けよう。

勇は重量感たっぷりのシュールストレミングを家に持ち帰り、台所のシンク下にしまっておいた。

代わりに、シュールストレミングといっしょにもらったマグロの缶詰を食べることにする。いつものように丼飯にぶっかけてマグロ丼だ。

——ん？　味うすい？

勇はひとくち食べて首をかしげる。そういえば、何味のマグロ缶なのか確認していなかった。空になった缶詰の側面を見て、勇は愕然《がくぜん》とする。

「キャットフード!?」

そこには、タダカンの笑顔よりもっと愛らしい子猫のイラストが描かれていた。

「ひどいよ、ルイーダさん」

そう嘆きながらも、捨てることなどできない。今回はバイト代すらもらえていないのだ。キャットフードだったとはいえ一食分のカロリーを無駄にはできない。

勇はネコマグロ丼に醤油《しょうゆ》とマヨネーズをちょい足しして、再び箸を進めた。意外にいけてしまうことが、クビの事実とあいまって勇をなおさら惨めな気分にさせた。

ネコ派？　イヌ派？

【学食を猫カフェにしてほしいニャー】

かわいい猫のイラストが添えられた「ひとことメモ」に勇が食いついたのは、彼が猫好きだったからに他ならない。

――是非ともそうしてほしい！

勇はその提案に激しく賛同した。しかし、その「ひとことメモ」への回答は至って冷静で、かつ、夢のないものだった。

【衛生管理上難しいでしょう。また、猫アレルギーのひともいます。残念ですが、猫カフェは諦めてくださいワン　犬神】

勇は「そりゃそうだ」と納得しつつも、少しは希望を与えてくれてもいいのに、とこの回答をした至極常識的で、かつ、絶対イヌ派だろうなと思われる「犬神」なる生協職員を恨めしく思った。しかし、よく見ると、その回答の下に、別の人間の筆跡で追記がなされている。

【猫に会いたきゃ、体育館裏に行けば？　ルイーダ】

――ルイーダさんだ。

見覚えのある右肩上がりのくせ字に、ぶっきらぼうな文面。だが、ルイーダが書いた回答に勇は心躍らせていた。

――猫に会える！

勇は幼い頃、猫を飼っていた。「マーニャ」という名で、何をするにもいっしょだった。しかし、妹が生まれ、彼女が猫アレルギーであることが発覚してから、マーニャは祖父母の家に預けられてしまった。マーニャとはたまにしか会えなくなり、そして、その死に目にも勇は立ち会うことができなかった。

いまでもマーニャに似たキレイな小麦色の毛の猫を見つけると、つい追いかけたくなってしまう。

――マーニャに会いたい。

勇は、体育館の裏に小麦色の毛をつくろっているマーニャ似の猫がいる姿を想像する。売店で魚肉ソーセージを買い、体育館裏に向かった。午後一の講義が入っているのだが、そこは二者択一にはならなかった。勇の頭の中はすでに「猫一択」いや、「猫一色」に染まっていたからだ。

体育館裏には十一匹の猫がいた。勇は昔読んだ絵本を思い出す。種類やサイズはさまざまだったが、みな一様に秋の日差しを浴びながら、のんびりと昼寝をしていた。

勇は小麦色の猫を探してみる。残念ながら、マーニャに似た猫はいなかった。だが、猫自体が好きな勇は、魚肉ソーセージを取り出すと、腰を落として近くにいた猫にそっと差し出した。

「餌付けは禁止だよ」

背後から声がして、勇は「にゃっ!?」とか弱い子猫のような悲鳴をあげそうになる。振り返るとそこにはルイーダが腰に手をあてて仁王立ちしていた。

「ルイーダさん」

「勇者くん、なんでここが猫スポットって知ってんの？」

「いや、ルイーダさんでしょ。ひとことメモに補足回答してたの」

「ああ、あれを見たのか。ちっ、しまったな。秘密の場所にしておきたかったのに」

学食に堂々と掲示されるものに書いておいて秘密も何もないだろうと勇は思ったが、口にはしないでおいた。代わりに猫にあげるのを禁止された魚肉ソーセージを自分の口に運ぶ。

「ところで、勇者くんはネコがいい？　イヌがいい？」

——この状況でそれを訊くか？

猫かわいさに猫スポットにやってきて、禁止された餌付けまでしようとしている猫好き丸出しの人間に対してする質問ではないと勇は思った。

——もしかして……。

「バイトの話ですか？」

「他に何の話があるの？」

——いや、この状況ならむしろバイトの話だと思えって方が無理あるでしょ。

勇は心の中でツッコミを入れつつも、立ち上がっていつものお願いをルイーダにぶつけた。

「内容を訊いてもいいですか？」

「え、いる？」

このやりとりも定番化してきた。しかし、最近はルイーダも舌打ちまではしなくなっていた。むしろ、このいつもの流れをたのしんでいるようにも見える。

「いいでしょ。説明してあげる。猫好きの勇者くんにはネコがおすすめなんだけど……あ、きみ童貞だったたっけ？」

「いや、童貞じゃねーし！」

「そうか、童貞じゃ、ちょっと酷かな。人生観変わっちゃうかもだし」

「あの、話聞いてます？」

童貞ではあるが、ウソをついてでも見栄を張りたい男の最低限の尊厳を華麗にスルーして、ルイーダはぶつぶつ言いながら考え込んでいる。

「ネコは、男のひと相手におしりを差し出すバイトよ」

「は？」

大好きな猫の名前がついたお仕事は、やわらかな肢体に美しい毛並み、見ているだけで癒されるあの動物の存在とは対照的に、ハードな内容だった。

「い、嫌ですよ」

勇は慌てて固辞する。当然だ。チェリーも卒業していないのに、バージンを捨てるなんて、順番が違う。いや、性別が違う。

「あ、やっぱり？　好きなひとは喜んでするんだけどな。じゃ、必然的に今回はイヌの方になるかな」

「イヌはどんな仕事なんです？」

「男性のおしりを奪うお仕事よ」なんて言わないだろうな、と勇は用心しつつ質問した。

「イヌは普通よ。女性相手の従順なペットになるの。得意でしょ？」

なぜその仕事を勇の得意分野だと思ったのか、皆目見当がつかなかったが、イヌのバイトについては聞いたことがあった。

「それ【お金持ちの女性のお手伝いをする仕事です】ってやつですか。よく路地裏とかにポスターが貼ってある」

「あーいう胡散臭いのといっしょにしないで。ポスターで勧誘してるやつは、逆に登録料とかとられて結局女性には会えないパターーンが多いのよ。詐欺ね、詐欺」

普通に考えたらそうだろう。女性の相手をしてお金がもらえるなんて都合のいい話がそうそうあるはずがない。

「登録料を払えるくらいならバイトなんてしてませんよ」

「だから、わたしの紹介するのは違うんだって。ちゃんとイヌになれるから安心して」

「やったー！　イヌになれるぅ。ワンワン！　とはならないですからね」

ルイーダがおかしなところを保証してくるので、勇はつい乗りツッコミで答えてしまった。

「でも、なんで俺に？　俺なんて、その、あの……」

「童貞だし？」

「ええ」

勇は素直に認めることにした。ルイーダ相手に見栄を張っても仕方ない。

「むしろ童貞好都合。この前その依頼主に別の男の子を紹介したんだけど、『チェンジ』されちゃって。『三十路《みそじ》近いスポーツ刈りは違う』ってね」

その特徴に当てはまるひとを勇は知っていた。

「もしかしてタダカンさんですか？」

「あれ、勇者くん、カンダタと知り合いだったの？」

「カンダタ？」

「そう。あいつの名前、多田寛でしょ。音読みにして名字と名前をひっくり返せば。『カンダタ』になるじゃない」

「……ん？　でもそれだと『カンタダ』じゃないですか？」

勇はルイーダの間違いを正したつもりだった。だが、その発言に対しルイーダは残念そうにため息をついている。

「はあ、そうだった。きみには通じないんだった。カンダタもダメか」

どうやらまたジェネレーションギャップが発生してしまったらしい。勇はこれ以上話を掘り下げるのをやめ、タダカンの代わりに自分がその女性のところに行く理由を訊いた。

「若くてウブで、なおかつ、女々しくて優柔不断な子がいいんだって」

「俺はそんなタイプじゃない」とは言い返せなかった。ほとんど当たっている。

「まさか、その相手ってリョウさんじゃないでしょうね」

ルイーダのドSっぷりは身をもって経験している。ネコかイヌかと選ばせておいて、結局一択だったなんてこともなくはない。

「んなわけないじゃない。それにリョウちゃんだったら、カンダタをチェンジしてきたりしないし」

——それはそうか。

勇は撮影現場でタダカンにリョウが熱い抱擁をしていたのを思い出す。

「安心して。ちゃんと女のひとだから。それに、勇者くんが行ってくれれば、先方もきっと喜ぶって」

「いや、まだそのバイトをやるとは……」

勇が言い終わるのを待たずにルイーダがかぶせてくる。

「童貞のことなら心配ご無用。そういうへたくそが一生懸命がんばるのが好きな女性もいるから」

裏に「わたしは違うけどね」という含みをもたせた表情でルイーダは言った。

「いや、別にそこだけが気になるわけでは……」

抵抗を試みるも、再びルイーダがそれを遮ってたたみかけてくる。

「タイプぴったりの勇者くんがきてくれたらバイト代も上乗せしてくれると思うけどなー」

「お金を払ってでも男の子と触れ合いたい女性を助ける仕事だと思うけどなー」

「今回はネコがありえないんだから、二者択一で迷うこともないと思うけどなー」

優しくて柔らかくて、断れないのが勇という男だった。最終的には「わかりました」と首を縦に振っていた。

「じゃ、これ依頼主のお宅の地図ね。写真は今回はいらないから」

また証明写真撮りで苦労しなくてすむとほっとしつつも、依頼主の住所を見てぎょっとする勇。

「また、松濤？」

二度あることは三度ある。五度目のクビを予感しながら勇は明日のバイトのために、銭湯でいつもより念入りに体を洗った。


勇はまたしても見覚えのある門の前に立っていた。表札には【眞戸】の文字。勇がゴミを収集しようとしてしなかった女性。勇が借金を取り立てようとしたができなかった女性。そして今回は「しよう」と向こうから依頼してきている女性、「眞戸美千代」が今回の勇の雇い主だった。

――押せない。

先日の取り立てのときは留守だったが、今日は事前にルイーダからアポイントが入っているので在宅のはずだ。このチャイムを押せば、あの珍妙なオブジェが置かれた玄関から、因縁浅からぬ女性が顔を出すに違いない。

そう思うと、またしても勇はチャイムを押すことができなかった。

――帰ろうかな。

今回も怒られる覚悟で勇はドタキャンを考えた。踵《きびす》を返す。しかし、眞戸邸に背を向けながら思い直す。

――自分を変えたいんじゃなかったのか。ここで逃げたらいつまでも優柔不断で臆病な男のままだ。

再びかかとを中心に体を百八十度回転させる。

――いや、でも、借金してまで男を買うような女だぞ。

三度回転。

――いやいやいや、今回はそれが仕事だろ、俺。

くるりと門の方へ。その後、何度か勇は踵を返し続けた。知らないひとが見たら、ひとの家の前で「回れ右」の練習をしているようにも見える。完全に不審者だ。

「いらっしゃい」

十何度目かの回転で眞戸邸に背を向けていた勇は、背後からの声に体を硬直させた。

「勇くんでしょ。聞いてるわ。さ、はいって」

振り返ると、小柄で上品そうな女性がにこにこしながら立っていた。依頼者プロフィールに四十七歳とあったが、もっと若く見える。毒気のない笑顔。ブラックリストに載るくらい借金のある女性がこんなにイノセントに笑えるものだろうか。思わず、表札を確認してしまう。

「ふふふ。大丈夫。うちで合ってるわ。さあ、どうぞ」

勇は観念して、今回の雇い主「眞戸美千代」に促されるまま敷地に入った。


「実はね、勇くんが門のところで迷ってるとこ、最初から見てたの」

いたずらっぽく笑う目の前の女性はまるで少女のまま年だけを重ねたような印象だ。そして勇は彼女とどこかで会ったような気がする。

「入ろうか、入るまいか、何度も悩んでるのを見てて、かわいいなって。うふふ」

高そうなティーカップに澄んだ紅茶が入っている。芳醇《ほうじゅん》な香りが勇の鼻をくすぐる。いっしょに出されたシュークリームは手づくりだろうか。「出来たて」のオーラを発していた。

「あ、ごめんなさいね。どうぞ、食べて。私、お願いしたとおりの子がきてくれたのがうれしくて、つい」

「優柔不断ってことですか」

勇は遠慮なくシュークリームを一口いただきながら、ルイーダに言われた依頼主の

「好み」のひとつを口にした。

「あらやだ、そんな風に伝わってた？　違うのよ。物事を決められない子って、母性をくすぐられるというか、かわいくて。井田さんにはそう伝えたのよ、ほんとよ」

優柔不断と言われて勇が気を悪くすると心配したのか、必死に弁明する美千代。

「あ、大丈夫です。優柔不断は本当なんで。気にしてないですから」

そっちよりも勇は美千代が家の中から門のところを見ていたことが気になっていた。もしかして、借金の取り立てできたときも、居留守をしながら勇たちのことを観察していたのではなかろうか。だが、美千代の方に勇を警戒する雰囲気はない。若い男子が家にきたことに純粋にはしゃいでいる様子だ。どうやら「男を金で買う」という行為を日常的にしているわけでもなさそうだ。

「そういえば、紅茶にはミルクがいい？　レモンがいい？」

話に夢中ですっかり訊くのを忘れていたことを先に詫びてから、美千代が訊いてきた。

「え、あ、え～と、レモンで」

「はい」

「あ、ごめんなさい。やっぱりミルクで」

「ミルクね」

「いや、ちょっと待ってください。シュークリームの中は乳成分だから。レモンで！

レモンでお願いします」

「はいはい」

「いや、でもでも」

「ふふふ」

美千代は勇の逡巡を見守りながらうれしそうだ。

「本当に選べないのね。聞いてたとおりだわ」

勇の優柔不断は実の両親でさえ苛立ちを覚え、いつも叱られていた。勇に友人が少ないのも、優柔不断のせいで、どこに遊びに行っても時間がかかるので敬遠されるからだし、彼女がいなかったのも同じような理由だ。優柔不断を喜ばれる日がこようとは、勇は目の前の美千代の笑顔がにわかには信じられなかった。

「ごめんなさい。バカにしてるわけじゃないのよ」

またまた慌てて弁解する美千代。選べないことをバカにするどころか、激しくからかってくる女性にバイトを斡旋してもらっている身としては、この程度では気にもならない。

「大丈夫です」

「ほんとに？」

美千代が心配そうに勇を見つめる。

「本当に大丈夫ですから」

勇は笑顔をつくって美千代を安心させようとした。

「よかった」

ほっとしたのか、美千代は紅茶にミルクもレモンも入れずそのまま一口飲んだ。ティーカップを持って口に運ぶ、ただそれだけの動作だったが、一連の所作が非常に美しかった。おそらくいいところのお嬢さまとして生まれたのだろう。少女のような言動も、年齢のわりに若く見える容姿も、大切に育てられてきた感じがする。

「そっち座ってもいい？」

テーブルを挟んで対面で座っていた美千代が、少し頬を赤らめながら遠慮がちに訊いてきた。

──きた！　きてしまった。

勇の鼓動が高鳴る。「ペット」として呼ばれている以上、「飼い主」の命令には逆らえない。たとえそれが性的な「チンチン」であったとしても、勇が童貞であったとしても。

「はい。どうぞ」

落ち着き払って答えたつもりが、自分の声が上ずっているのがわかり恥ずかしくなる。

美千代がソーサーにティーカップを載せて、するりとテーブルを迂回して、「ぽふん」と勇の隣に腰掛けた。美千代が隣に座ると、ふわりと甘いバニラの香りがする。シュークリームを作っていたせいだろうか。バニラの香りのする女性。どこか実家の母を思い出させる匂い。そんな感傷に最近浸った気もするのだが、勇はそれがいつのことなのか思い出せずにいた。それは、記憶の検索よりもっと重大な選択を迫られていたからに他ならない。

——ここは、俺からリードした方がいいんだろうか。

自分の倍以上年上の女性相手とはいえ、いくつになってもレディはレディ。紳士のたしなみとして、リードは当然の行為のようにも思えた。

——でも、まてよ。

勇はルイーダの言葉を思い出す。「ウブ」が好みのタイプと言っていた。そうなると、リードしてしまうのは場慣れた感じを出してしまい、逆効果ではないだろうか。

勇の心は途端に二者択一の壁に両側を挟まれた状態になった。

——リードか。受け身か。

——紳士か。ウブか。

——ヤるか。ヤられるか。

答えのない壁はどんどんその幅を狭めてくる。隣をみると、美千代はゆっくりと紅茶を味わっている。紅茶とバニラの香りがダブルで勇を包み、くらくらする。

「あ、あの、俺、初めてで」

勇はパニックに陥り、必要のない自己紹介をしてしまった。

「あら、私もこういうの初めてよ」

――ウソだ!? 人妻だろ?

「家でこうやって男の子とお話しするなんて初めてなのよ」

――あ、そっちか。

「でも、夢だったの」

美千代は少し遠い目をしながら続けた。その視線は勇を通り抜けて、どこか別の次元を見ているように思えた。

「私ね、結婚してそろそろ二十五年になるんだけどね」

どうも勇が想像していた方向に行きそうにない雰囲気だ。勇は「童貞」の風船からゆっくりと空気を抜くために一旦深呼吸をして、心を落ち着かせた。

「はい」

勇は、今度はちゃんと地に足がついた声で、相槌《あいづち》をうった。

美千代はゆっくりと自分の半生を語り始める。

美千代の生家は、戦後石油業で財を成したことをきっかけに、さまざまな事業を興したり拡大したりしてきた富豪の一族だった。

美千代の旧姓は「金田」。裕福な家に生まれたうえに、名字に「金」の文字がつくことを美千代は嫌っていた。早くお嫁に行って「金田」の姓を変えたい。その思いだけは、親に逆らうことなく生きてきた美千代が唯一持っていた願望でもあった。

幼稚部から高等部までエスカレーター式の女子校に通うも、大学は祖父が理事を務めるところに入るよう親から言われ、金田大学に入学する。家族以外の男性と接したことのない美千代にとって「共学」の学校というのは未知であり、恐怖でもあった。

しかし、そこでふたりの男性と出会う。ひとりは美千代の通う大学でゼミの助手をしており、もうひとりは大学職員として働いていた。

結果、見事美千代を射止めたのは、大学職員の男だった。名前は眞戸孝蔵。ふたりは、美千代の大学卒業を待って籍を入れた。

美千代は幸せだった。「金田」の名前からやっと解放され、眞戸はとても紳士的でやさしかった。

しかし、結婚して三年。美千代はその紳士的なやさしさに疑問を持ち始めた。眞戸は美千代に一度として夫婦の営みを求めてこなかった。同じベッドに寝てはいても、手をつなぐことはあっても、それ以上のことを眞戸は美千代に望まなかった。

いくらお嬢さま育ちの美千代でも、それが一般的な夫婦として珍しいことであることはわかっていた。しかし、女の自分からそのような話をすることは恥ずかしいことだと、自らに刻まれた躾《しつけ》がブレーキをかけ、夫に真意を訊くことができぬまま五年が経った。

眞戸は相変わらずやさしい。しかし、美千代もそのとき二十七。そろそろ子どもがほしいと感じる年だった。

ある日、思い切って美千代は切り出した。「赤ちゃんがほしいの」と。しかし、眞戸はいつも以上に慈愛に満ちた笑顔で言った。「僕はきみがいればそれで充分だよ」と。

その後も何度か勇気を出して眞戸に訴えてみるも、返事はいつも同じ。「きみと僕。ふたりがいれば、それ以上何を望むことがある?」。それを夫の最大限の愛だと信じていたい美千代は、それ以上何も言えなくなってしまうのだった。


「でもね、やっぱり子どもがほしかったの」

もうすっかり冷めてしまっているであろう紅茶を口に含み、一息つく美千代。

「だから、いつも頭の中で妄想してたわ。私の子は男の子。私に似て、臆病で引っ込み思案で。でも、思いやりのあるやさしい子に育てるわ。そこは母親の務めですから。運動はできないよりはできる方がいいかな。逆上がりで苦労するのは可哀想だしね。勉強はできると思うわ。でも、できなくても気にしないの。何かひとつ自分に自信を持てる才能を見つけられたらそれでいい」

美千代は何年も何年も空想の中でしてきたであろう子育ての様子を、少しずつ丁寧に取り出しては勇に披露した。

「でもね、いくつになっても、『しょうがないわね』ってところがあるの。そういう弱さみたいなところがあった方が人間味があるでしょ」

勇は、きらきらとした目で語りかけてくる美千代に対して、ただ無言で頷くことしかできなかった。

「私の子はね、どちらか選ぶのが苦手なの。おやつに、プリンとババロアをつくってあげて、『お夕飯食べられなくなるから、どっちかね』って言うと、ず～っと悩んでてね。結局お夕飯の時間になっても決められないの。そういうとき私は怒ったりしないの。ぎゅーっと抱きしめて、『いい子いい子』してあげるの」

——優柔不断を「好み」と言っていたのはそういう理由があったからなのか。

勇はようやく合点がいった。

その後も美千代はたのしそうに二十年分の空想の子育てを勇に語ってくれた。気づけば、窓の外がオレンジ色に照らされている。

「あらやだ。もうこんな時間。お夕飯の準備しなくちゃ」

美千代がすっとソファから立ち上がる。勇は「ペット」としてどうすればいいか判断に迷っていた。

——やはり俺も手伝うべきなのかな。

「勇くん、ごめんなさいね。本当だったら食べて行ってほしいんだけど、今日は主人が家でご飯を食べる予定になってるの」

――そういうことなら、早々にお暇《いとま》せねば。

勇は腰に羽でも生えたかのように軽やかにソファから立ち上がると、そそくさと帰り支度を始めた。

「でも、えと、いいんですか、こんな感じで」

ティーセットを片付けている美千代に勇は心配になって訊ねた。

「もちろん。私、すごくたのしかった。でも、勇くんは退屈だったよね。私の話を聞いてただけだもんね」

「いえ、それは大丈夫ですけど」

事実、退屈ではなかった。美千代の過去には同情し、共感もし、うんうんとなんども相槌をうっていた。子どもの話も、徐々に成長していく様子が詳細に語られ、とても想像上の話とは思えないほど、リアルなストーリーになっていた。

「ありがと。やっぱり勇くんは思ったとおりやさしい子だった」

美千代はティーセットをすべてお盆に載せると、一旦片付けを中断し、勇の方に一歩近づいた。

「でね、もしよかったらなんだけど、これからも時々うちにきて話し相手になってくれないかな？」

そのお願いが性的なものにつながらないことを勇はすでに悟っていた。

「はい。俺なんかでよければ」

勇は迷わず返事をした。素直な気持ちだった。妹が生まれてからというもの、ほとんど親にかまってもらった記憶のない勇は、擬似的とはいえ、母性を向けてくれる美千代に対して、親愛の情に近い思いを抱き始めていた。

美千代は門まで見送ると言ったが、勇は玄関まででいいと遠慮した。そのやりとりもまた、年頃の息子が母親の過度な配慮に照れて反発する様子に似ており、ふたりでおかしくなって微笑《ほほえ》んだ。

勇は玄関のドアを閉めてふと横をみる。入ったときは緊張でまったく目に入っていなかったオブジェに気づく。これまで門から見ていたので遠目に「変な置物」だと思っていたが、近くで見るとそれが何の形をしているのかやっとわかった。

それは、飼い主に対して「いってらっしゃい」「おかえりなさい」の思いを込めて立ち上がっているコリー犬の像だった。

――「チンチン」しているイヌだったのか。

皮肉な偶然に「ぷっ」とひとり噴き出してしまう勇。大きな門を出て、高級住宅街を歩く。家々から夕飯の匂いがする。たまに、カレーらしき香りも鼻に届く。「金持ちもカレーを食べるんだな」と勇は思いながら、夕日に染められた松濤エリアをあとにした。

ルイーダがバイト代といっしょに手渡してきたのは高級缶詰「スモーク牡蠣《かき》の油漬け」だった。

「牡蠣に含まれる亜鉛は精力がつくんですって」

にやにやしているルイーダ。どうやら美千代から勇を「気に入った」という連絡が入っているようだ。そしてルイーダは「気に入った」の意味を勘違いしている。

――美千代さんは、ちょっと言葉が足りないんだろうな。

お嬢さま育ちゆえのおおらかさが、コミュニケーションにちょっとした齟齬《そご》を生じさせているのかもしれない。

「ありがとうございます。でも、俺、まだ童貞ですから」

もう「童貞じゃねーし」と見栄を張る必要はなかった。少し自分に自信がついた気がする。存在を許容してくれるひとを見つけたからだろうか。

――このバイトは続きそうだ。

勇は今度こそと思っていた。美千代とナニしたいとか、童貞を捨てたいとか、そんな欲求は微塵もなかった。ただ、このバイトを続けることが自分を成長させる道になるかもしれないという思いはあった。

アパートへの帰り道、勇はスキップをしていたら足をくじいてしまった。だが、ちっとも痛くなかった。勇はいま頭も体も最高潮に浮かれていた。

したい？　いたい？

勇は松濤に二週間に一度くらいのペースで通っていた。

大抵はアフタヌーンティーをいただきながら、美千代の話を聞くのが基本だった。美千代の想像子育てにはまだ話していないエピソードがたくさんあり、それを少しずつ聞くだけでも二、三時間はあっという間に経ってしまう。

旦那の眞戸孝蔵が仕事で遅くなるときなどは、晩ごはんをご馳走《ちそう》になったりした。普段、コンビニ弁当や牛丼屋で済ませている勇にとって、美千代の手料理は高級すぎて舌とおなかがびっくりしてしまうくらい美味だった。

時にはクルマに乗って、少し離れたスーパーに晩ごはんの食材を買いに行ったりもした。美千代は支払いを現金でしていた。勇は取り立て屋バイトのとき、債務者リストに美千代の名前が載っていたことを思い出し、それとなく「クレジットカードは使わないのか」と質問した。

「主人が私のもつくってくれたんだけど、なんだかカードってお金を使ってる感じがしないから怖くて。だから、主人に返しちゃった」

——じゃ、あの債務者リストはひょっとして……。

美千代の話を聞くほどに、眞戸孝蔵という男の印象が悪くなっていく。美千代は子どものこと以外では決して彼への不平不満を言わないが、客観的事実だけで推察しても、美千代が言うような「いいひと」にはとても思えなかった。

それでも夫婦には他人に決してわからない絆《きずな》があると、どこかで聞いたことを思い出し、旦那のことに対して、勇が何か美千代に意見したりすることはなかった。勇は美千代の息子役。それに徹することが勇のバイトであり、任務であると感じていた。

美千代は勇がきてくれることを喜んでくれていたし、勇もたのしんで仕事をしていた。お互いに利があるいいバイトだと勇は思っていた。

バイト代も、一回の訪問で二週間充分に暮らしていけるだけの額をもらえていた。自然、毎日の生活も潤ってくる。もう水道水でおなかを膨らませたり、缶詰ひとつで二日間なんとか食いつないだりすることもなくなった。

——でも、これでいいんだろうか。

勇はいつの頃からかいまの状況をそう省みるようになっていた。美千代はしあわせそうだ。勇も悪くない気分で仕事をしている。お金も入る。しかし、勇がバイトをしているそもそもの目的はなんだったろうか。

――服を買う。

違う。それは手段だったはず。

――そうだ、自分を変えるためだ。

二者択一を克服し、自らの選択に後悔をしない自信を手に入れることが勇の目標だったはずだ。美千代にすべてを肯定されて「優柔不断もありかな」と思っているようでは、目標からどんどん遠ざかっていることになる。勇は、「ダメだダメだ」と声に出して、頭をぶんぶんと振る。

しかし、ならどうすればいいのか、答えは出ない。考えてもダメなときは考えない。勇はとりあえず講義に出るため、大学に向かった。


講義に出る前に学食で「ひとことメモ」に質問を書いて投函していく。

【バイトでひとは変われるか。　勇者】

午後いっぱい講義に出る。試験やレポート提出が近いこともあり、これまで閑散としていた教室も、学生たちで満席に近い状態になっている。

五限まで出て、帰りにレポート用に参考文献を借りようと図書館に入る。

図書館にも学生が大勢いた。

——普段はキャンパスに寄りつきもしないのに。

自分もたいして変わらないくせに、そこは棚上げして、勇は混み合った図書館で、お目当ての本を探す。生憎《あいにく》参考文献は貸し出し中だったが、別のものを見つけた。

——ルイーダさん。

彼女は、机につっぷしてすやすやと眠っていた。勇はそっと近づいて隣に座る。今日はこの前と違って、図書館の利用者も多い。大きな声を出すわけにもいかないので、ルイーダの耳元でそっと名前を呼ぶ。

「ルイーダさん」

勇の声よりも、口からこぼれた吐息の方がくすぐったかったのか、耳をこすりながらルイーダは目覚めた。

「もう、せっかく寝てたのに」

勇の顔を見るや、「おまえに起こされたのか」と言わんばかりの顔で不満を漏らす。

「いや、でも、休憩時間終わるかもしれないから」

勇はただルイーダに話があったから起こしただけだったのだが、生協の仕事のせいにして、言い訳した。

「今日の勤務はもうおしまいなの」

「そうなんですね。じゃ、起こしちゃってごめんなさい」

「いいわよ、別に。わたしに訊きたいことがあったんでしょ？」

「え？」

まだ何も言っていないのにルイーダに用件を先回りされて勇はびっくりした。

「え、じゃないわよ。ひとことメモに書いたでしょ。【バイトでひとは変われるか】って」

「あ、もう読んでくれたんですね」

「あの答えは、イエスでノーよ」

「ひとによる」という回答では勇の悩みは解決しない。がっかりした顔をしていると、ルイーダは「最後まで聞きなさい」と続きを話した。

「バイトで変われるかどうかはそのひと次第。でも、お金でひとは変えられるわ。ひとはお金で変わらないけどね」

「それって矛盾してませんか」

「してないわよ。それがわからないってことは、まだ勇者くんが働くってことを通じて成長できてないからよ」

ルイーダの意味深な回答は、いっそう勇を悩ませるだけだった。このまま美千代のバイトを続けた方がいいか、やめた方がいいか、その二者択一の答えを授かりたかっただけなのに。

「甘えないの！」

その願いを伝えるとルイーダはぴしゃりと言い放った。

「すみません」

ルイーダの言うとおりだと勇は反省した。

「じゃ、ちょっと変わったバイトでもしてみる？」

結局は自分の体で経験し、自分の頭で答えを出すしかない。勇はこくりと頷く。

「よろしい」

ルイーダはエプロンのポケットから紙切れを一枚取り出す。見ると、勇の書いた「ひとことメモ」だった。それを裏返し、裏面に何やら単語をひとつ書いた。

「あ、俺が書いたメモなのに」

「もういいでしょ、いま答えたんだから」

「ま、そうですけど」

ルイーダは構わず、もうひとつ単語を書いた。

「はい」

突き出された裏紙には【死体】と【遺体】と書いてあった。これまた随分と不穏な選択肢だ。

「説明はいる？」

「もちろん、ください」

「も〜う、欲しがるわねー」

にやにやとしながらも、声のボリュームを落としてルイーダが説明を始めた。

「【死体】は、『ダイイン』ってデモに参加するバイトよ。これは昔反戦運動なんかで流行《は》《や》った抗議手法でね。大勢で死んだふりをして倒れることで、主張を権力者や為政者に伝えるのよ。今回はデモの主催者が結構大規模にやりたいらしくてね、頭数《あたまかず》がほしいから、バイトでも募集してんの」

思いを同じくするものが行ってこそのデモではないのだろうか、と勇は思った。自分のような主義も主張もないバイトが参加していいのか、とも。しかし、とりあえずもうひとつも訊いてみないと悩むに悩めない。

「もうひとつの【遺体】は？」

「遺体は、亡くなったひとの遺品整理ね。聞いたことない？」

「どこかで」

「じゃ、それよ」

「説明、手抜きすぎません？」

「図書館だからね。省『コメ』モードなの」

勇とルイーダは他の利用者の邪魔にならないように、肩を寄せ合い、小声でこれらのやりとりを続けていた。途中、カウンターから司書が睨んでいたが、ルイーダだと気づくと諦めたようにパソコンでの作業を再開していた。

「で、どうする？　死体をしたい？　遺体にしたい？」

ルイーダはわざと不謹慎な言い方をして、勇の二者択一を茶化してくる。

「う〜ん、遺品整理もなんか意義ある仕事っぽいし」

「そうね、遺族には喜ばれるわね」

「でも、ダイインも、何かを変えられるかもしれないし」

「可能性はゼロじゃないわね」

今回はルイーダがいちいち勇の逡巡に合いの手を入れてくる。正直、ちょっと鬱陶《うっとう》しい。

「う〜むむむむむむ」

「む、が多いわね〜」

「ちょっと、ルイーダさん、黙っといてもらっていいですか！」

勇はたまらずルイーダを注意する。

「はいはい。今日は仕事も終わって時間はあるから、存分に悩んで」

「う〜むむむむむむむ」

勇の頭の中で「死体」と「遺体」の言葉が踊る。目をつむり、真剣に悩む。悩む。悩む。悩む………。

「ねえ、ちょっと、勇者くん」

「だから、ルイーダさんはちょっと黙ってって……」

「いや、図書館、閉まっちゃうから」

目を開けて壁の時計を見ると、とうに六限の時間も終わり、図書室にはルイーダと勇と司書以外誰もいなくなっていた。

「ほんとどんだけ悩むのよ」

ルイーダは律儀に待っていてくれたらしい。そんなルイーダを邪険にしてしまうとは。勇は反省して、すぐに謝罪した。

「すみません。こんなに時間が経っちゃってるとは」

「目をつむったから途中寝ちゃったのかと思ったけど、ぶつぶつ『したい』『いたい』って繰り返してるから、ま、待つだけ待つかってね。で、答えは出た？」

「い、いえ、まだ」

「マジで!? すごいね、ほんと。筋金入りの優柔不断」

柔らかいのに筋金入りとは、なんとも矛盾した表現ではあるが、言い得ていると勇は思った。

「もうルイーダさんが決めてくれませんか？」

「ダメよ。そういう決断を他人に任せるところも変えたいんじゃないの？」

「……はい。変えたいです」

ルイーダに痛いところを突かれて勇はうなだれる。

「ま、図書館も閉まっちゃうし、とりあえずこっから出ましょ」

「はあ、そうですね」

選べないままタイムアップとは、なんとも情けない結果になってしまった。しかし、ルイーダは勇に延長戦のチャンスをくれた。

「何落ち込んでんの。今日はとことんつきあってあげるわよ。行きましょ」

そう言ってルイーダは勇の手を引き図書館を出た。すでに太陽はこちら側での役目を終え、地球の反対側での仕事に向かっていた。

スロープを引っ張られるように下りながら勇はルイーダに訊ねた。

「どこ行くんですか？」

「え？　いいとこ♥」

勇の左胸の「♥」も回転が早くなる。「まさか」と思いつつも、乏しい想像力でルイーダとのあれこれを考えてしまう。握られた手からルイーダの体温が伝わってくる。すでに勇は自分が何で悩んでいたのかも忘れてしまいそうになっていた。

──期待した俺がバカだった。

勇は居酒屋にいた。しかもふたりきりではない。目の前には、すっかり見慣れた目つきの鋭いスポーツ刈りが座っている。取り立て屋バイトで一瞬会ったきりだ。少し気まずい。しかし、タダカンは勇の存在を確認しつつも、まったく意に介していなさそうだ。

「遅いって、姐《ねえ》さん」

タダカンは隣に座ったルイーダに、待たされた文句を漏らしている。

「ごめんごめん、まさかこんなにかかるとは思わなくて」

「勇もどんだけかかってんだよ」

「す、すみません！」

勇は九十度に腰を折って「超」最敬礼で謝った。その角度にタダカンも驚いてしまう。

「お、おお。いや、そんなに頭下げなくてもいいっしょ」

「それに、この前は助けてくれてありがとうございました！」

今度はやんちゃボーイズから救ってくれたことへの感謝を、角度を維持したまま述べた。

「あ？　ああ、あれな。いや、逆に忘れてくれ、あのことは。恥じーわ」

「雨の日、ほんとにすみませんでした！」

最後に、ゴミバイトのときのこと。勇はまだちゃんと謝っていなかったのだ。

「いや、あれは俺の方こそキレすぎた。わるい」

タダカンが立ち上がって勇に向かって頭を下げる。勇とタダカンは、しばし床を見つめ動かない。見かねたルイーダが、彼らの丸見えの後頭部をぴしゃんぴしゃんとはたく。

「もう！　周りのお客さんも引いてんじゃない。みっともないから、やめてよね」

そう言うとルイーダは、タダカンが座っていた席の隣に腰を下ろし、勇たちにも座るように命令した。

「待たせちゃったけど、カンダタ、今日はこのあと何もないんでしょ？　がっつりいくわよ、今夜は」

タダカンはその言葉に対し、うれしそうに親指を立てて同意する。

「おう！　どフリーだよ。がっつりいっちゃいますか！」

すっかり気を取り直して、ふたりは盛り上がっている。ルイーダとタダカンが知り合いであることはわかっていたが、それは、バイトを紹介する側される側くらいの関係だと思っていた。こうして居酒屋で杯を酌み交わすほどの仲とは。勇の心に余計な邪推が生まれる。

「あの、ルイーダさんとタダカンさんは、もしかして……」

メニューから顔をあげて、ふたりが勇の方を見る。

「はは！　もしかしてって、勇者くん、わたしらがつきあってると思ってる？」

「ぶは、マジか、勇。姐さんと俺が!? ありえねーって」

「ありえない」を連発しながら、ふたりはお酒も入っていないのに上機嫌で大笑いしている。疑いは晴れつつも、勇はちっともおもしろくない。

「じゃ、どういう関係なんですか？」

ぶすっとして質問をし直すと、笑いすぎたことを反省したのか、タダカンがまじめに答えてくれた。

「姐さんも俺らの大学で学んでたんだよ。ＯＧってやつ。だから、俺らのパイセンだな」

すかさずルイーダが口を挟む。

「いや、勇者くんの先輩ってのは合ってるけど、あんたは、わたしと入学したのいっしょじゃない。しかも高校留年、大学浪人を経てるから、確実に年上。勝手にわたしを姐さん呼ばわりしてさ。おばさんに思われちゃうから、やめてくんない」

どうやら「姐さん」というのはタダカンが勝手につけたあだ名のようだ。

「ま、上か下かはどうでもいいじゃねーか。同じ大学の仲間ってことは確かなんだから」

「あんたはいい加減卒業しなさいよ」

このやりとりも定番化しているのだろう。ふたりとも流れるように言葉が出てくる。

「大学側が卒業させてくれたらな」

タダカンは笑顔でそう言ったあと、すっと真顔になった。

「でも、マジで、今回は無理矢理卒業させられちまうかもなぁ」

「ま、そうならないようにやってんだから、悲観的にならないの」

「へいへい」

さきほどまでのお約束の流れとは違って、深刻そうなふたりの雰囲気が勇は少し気になった。しかし、その空気を振り払うように、ルイーダが飲み物を注文する。

「じゃ、とりあえず、生三つ！」

「あ、俺、まだ選んでないです」

勇は慌ててドリンクメニューを手に取ろうとする。

「ダ～メ。きみに選ばせてたら、ここも閉店時間になっちゃう。とりあえず、と言ったら生ビールなの！」

「いや、でも、俺、こういうとこ初めてで、実はお酒も……」

勇は飲みに行く友だちもいなかったので、これが初居酒屋、初アルコールになる。

「マジ？　じゃ、今日でビール童貞卒業ね」

「最高の初体験にしてやるよ」

ルイーダとタダカンがうれしそうにそう言うと、外側に霜がつくほどきんきんに凍らせたジョッキがドンとテーブルに置かれた。

「かんぱ～い！」

三人で声をそろえて乾杯する。勇はおそるおそる飲んでみるが、冷たすぎて味などわからない。だが、昼から一滴も水分を取っていなかったこともあり、喉は未知の液体を拒みはしなかった。

「お、勇、初めてにしてはいい飲みっぷりじゃねーか」

タダカンが感心している。

「あざっす」

その後、いくつかのつまみをタダカンが適当に頼み、テーブルの上が埋め尽くされると、勇が忘れかけていた話題を、もう一度ルイーダが場に取り出してきた。

「で、勇者くん、『死体』と『遺体』、どっちにするの？」

「え？　それ決めたからここにきたんじゃねーの？」

タダカンが口の周りにビールの泡をつけたまま驚いている。

「いや、それが、まだなのよ。ここまで選べないと、圧巻ね」

「すみません」

勇はぺこりと頭を下げる。

「いやいや、勇が謝んなくていいんだよ。どうせ、姐さん、たいした説明してくれてないんだろ。少ない情報で選べって方がひでーよな」

タダカンは勇の味方をしてくれる。

「なによ、わたしのせいだっての？　限られた情報で冒険に挑むのが勇者ってもんでしょうが」

「このゲーム脳が。それ言うなら、町人とかからの情報収集も基本だろ」

タダカンはルイーダがゲーム好きなのも承知のようだ。うまく喩《たと》えながら、勇に情報提供できる流れに持っていってくれた。

「とはいえ遺品整理の方は、あんまり説明することはねーな。俺もやったことあるけど、やりがいはある。きついけどな。ま、夏場じゃないだけ少しましかもしんねーけど、やっぱ亡くなったひとが遺したものに触れるってのは、こう、体力じゃなくて、心の力ってやつ？　を消耗するわな」

経験者であるタダカンが語ると説得力がある。ルイーダが教えてくれた情報と大差はないはずなのだが、勇の頭にすっと「遺品整理業」の仕事内容が入ってくる。

「勇者くん、なに『ふむふむ』みたいな顔してんのよ。わたしもほぼ同じ説明してあげたでしょ」

「思いがちげーんだよ」

タダカンはルイーダを見ながら、自分の左胸をとんとんと拳で叩いた。

「うっさい、ハゲ」

「あ、コラ！　これは、ハゲじゃねーって何度も言ってるだろ。ガキの頃からのポリシーなの！」

ルイーダとタダカンの小競り合いが始まりそうだったので、勇は慌てて話の舵《かじ》を元に戻す。

「じゃ、もうひとつの『ダイイン』の仕事は複雑なんですか？」

遺品整理業よりも説明が必要と言っていたので、勇はそう訊ねた。

「いや、仕事内容自体は、デモに参加して一日『死体』のふりをするだけだから単純なんだけどな、その背景ってのが少々複雑でさ」

そこまで話すとタダカンはビールを飲みながら、ルイーダの方をちらりと見た。「続きを話せ」というアイコンタクトのようだ。

その視線を受けてルイーダが枝豆のさやを小皿に捨てたあと、口を開く。

「勇者くんはうちの大学ってどう思う？」

「どうって言われても……」

合格したふたつの大学で悩んでいたら、親が勝手に入学手続きをしてしまったので、とは言いにくい。

「世間ではね、学生の自主を重んじる『自由を学べる』大学って言われてるのよ」

「で、実際そうだった」

タダカンが合いの手を入れる。

「ちょっと前まではね」

ルイーダはもうひとつ、枝豆に手を伸ばす。タダカンはから揚げを手づかみで食べている。

「いまの九代目理事長の金田敏文が、体調を崩してね。検査入院を繰り返すようになってから、変わり始めたの」

「あいつを抑えられるヤツがいなくなったからな」

タダカンがから揚げをほおばったまま、ジョッキからビールを口に流し込みながら付け加える。

「そうね」

「あいつ」が誰なのかの言及はなされないまま話は進んでいく。「金田敏文」も勇は名前を活字で見たことがある気がするくらいだった。合格通知書だったか、入学許可証だったか、記憶は定かではない。

「で、理事長の不在が増えたのをいいことに、元々うちの『自由闊達《かったつ》』の空気に賛成でなかった連中があいつの下に付きだしたのよ」

「具体的に何が変わったんですか？」

勇は熱々の肉豆腐を食べ、「はふはふ」言いながら質問した。

「まず、学祭の中止ね。これは教授陣にも学祭不要論者が多かったから、あっという間に決定事項にされちゃって、学生たちも抵抗することができなかったの」

「あと、在籍年数の上限設定な。いままでは授業料を払い続ければいつまでいてもよかったのを、上限八年にしようって、いま審議中らしい」

そのルールが適用されてしまうと現在八年生のタダカンは卒業せざるを得なくなる。

「他にも、就職に有利な学部への偏重的な予算配分や、純粋学問分野の教授の冷遇なんかも目立ってきたわね」

「まだまだあるぞ。教授たちを管理するために、補助員を名目にした『監視役』を研究室に無理矢理入れて、自由な研究にブレーキをかけてるって話だ」

「有名企業のボンボンとかを『特別枠』とかで、ほぼ無試験で入学させたりもしてるわね」

「ああ、形だけ在籍してるタレントとかもいるな」

入学式の後、新入生のひとりを大勢のマスコミが囲んでいたことがあったが、あれは芸能人だったのか、と勇はいまさらではあるが納得した。

「要は、金田大学を文字どおり『金』の穂を実らせるための『田』にしようとしてるのよ、あいつは」

「しかも、自分のためにな」

ルイーダはビールに替わって生搾りグレープフルーツサワーを頼んでいた。タダカンが、特に命令されたわけではなく、そうするのが当たり前のように、自然にルイーダのグレープフルーツを搾ってあげている。

勇はまだ一杯目のビールを飲み干せていないが、もう顔が熱い。これが酔うということか、とアルコールによる自分の体の変化をまるで他人事《ひとごと》のように感じていた。

「でも、俺が入学したときにはすでにそうだったんですよね。特に俺、自由じゃないとか、窮屈だとか感じたことないですけど」

勇はふたりに反論するようで恐縮だったが、思っていることを正直に伝えた。

「そうね。学祭以外ではまだ学生たちに直接影響は出てないかもね」

「ああ。でも、こっからなんだぞ、勇」

「あいつはいま、金田大学を勉学の場ではなく、職業訓練校にしようとしているの。やがて、就職できなかった人間は、大学の就職率を下げる因子として強制的に退学にする制度をつくるつもりよ」

「そうなんだ。さらに、より社会人生活に早く移行できるように、一限から六限までの講義は必須。しかも、全講義、出席日数重視。レポートや試験での挽回はありえない。九時五時生活を強制する仕組みだ」

勇はぼーっとしてきた頭で「それは別に悪いことではないのでは」と思いつつも、大学生のときからサラリーマンのような生活をするのはちょっと嫌かなと思っていた。

「で、究極はサークルの管理ね」

「そう。あいつはうちの大学に無数に存在するサークルを淘汰《とうた》して、大学の売名の役に立つサークルだけを残そうとしてんだよ」

ナスの一本漬けの辛子がききすぎたのか、少し涙目になりながらタダカンが力説した。

「部室を取られたサークルがもういくつか出始めてる。理由は、大学所有の土地を有効活用するためだ、とは言ってるが、サークル潰しが目的なのは明らかだ」

「しかも、部室から学生を追い出したあとの土地はあいつの私腹を肥やすための事業に使われるってんだから、我慢ならないわよね」

ふたりの話を聞いていると、「あいつ」なる人物は相当の悪者らしい。理事長のいぬ間に自由闊達反対派を集め、教授たちも管理下におきつつ、大学を自らの好きな方向に変革していく。その過程で学生たちの意思を踏みにじってもおかまいなしという人間だ。

「で、結局、られなんれすか、その悪いヤツってのは？」

半分呂律《ろれつ》の回っていない舌で、勇は懸命に質問を紡ぎだした。おそらくこれが、今日のラストクエスチョンだ。

「眞戸孝蔵ってヤツよ」

それが、勇にとっても倒すべきラスボスの名前なのだろうか。その名にどこか聞き覚えがあるような気がしながらも、思い出すことができぬまま、勇の記憶はそこでぷっつりと途切れることになる。

敵か？　味方か？

勇は見覚えのある建物の前に立っていた。

——金田大学附属病院。

そう。勇がルイーダから初めて斡旋されたバイト先であり、タダカンと最初に出会った場所でもある。

すでに病院の正面玄関の前には大勢のひとが集まっている。むっとするひといきれに、思わずこみあげてきそうな「何か」をぐっと飲み込む勇。

——うう、気持ち悪い……。

勇は二日酔いで揺れる頭と、定期的にやってくる吐き気に苦しみながら今日、なんとかこの現場にやってきた。

「おっす、勇。って、あーあー『絶賛二日酔い中』って顔だなー」

群集の中からでもタダカンはすぐに勇を見つけ出し駆け寄ってきた。

「あの、タダカンさん。ほんとにこの『ダイイン』のバイトは俺がやるって、自分で選んだんですか？」

目覚めたら自分の家だった勇。手には「死体バイト」の集合時間と場所が書かれた居酒屋のはし袋が握り締められていた。昨夜の記憶が途中からない。酒というのは怖いものだと、初めての経験にして、勇は強く学習した。

「ああ、マジ驚いたよ。おまえ、酔うと性格変わんだな。もう、どんな二者択一も即決即断。途中からメニューも酒も全部、勇が決めてたもんな」

——そんなバカな。

勇はタダカンの言っていることが信じられなかった。しかし、お酒を飲んだのも、飲まれたのも初めての勇は、ありえないと否定する材料を持っていなかった。

「バイトの件も、再度姐さんが『どっちにする？』って訊いたら迷わず『死体』って答えてたよ。『俺もこの大学を悪の手から守りたいんです』って言ってな」

そのときの勇の様子を再現しているのか、タダカンは両の拳を握ってファイティングポーズをとった。

「はい！　学生ちゅーもーく！」

まだ外来の受付時間外で、ひとの出入りもない病院の正面玄関スペースに、メガホンの声が「キーン」というハウリング気味な音と共に響いた。

「なんだー！」

即座に群集から応じる声があがる。タダカンもいっしょに叫んでいる。これはどうやら金田大学伝統のやりとりらしい。行事やイベントごとに参加してこなかった勇にはわからない慣習だ。

「今日は肌寒い中集まってもらってありがとう。今日ここでデモを行う意義をもう一度確認しときます」

タダカンほどではないが、多少学生離れをした年に見える男が、台か何かに乗っているのか、一段高いところからメガホンで話し始める。

「金田グループのひとつ、金田製薬ではいまー、恐しい薬の開発が行われている！」

ふたたび「キーン」と耳に不快感を与える音。

「現在もー、格差社会のピラミッドの上に立ちー、持たざるものや若者たちから搾取し続けている金持ちの老害どもがー、この世の摂理に反しー、生き永らえるための薬だー」

呼応して「許せねー」「ありえねー」などの声があがる。

「まだ実験段階らしいがー、人間をまるで眠っているかのように仮死状態にしー、生命活動を最小限化ぁ。寿命自体を大きく延ばすというー、とんでもない薬だー。ヤツらはー、我々が必死になって支えた未来でもー、変わらず搾取を続けるつもりなんだー」

——そんなSF映画みたいな。

　勇はメガホンの男のリアリティのない話に若干しらけながら、隣にいるタダカンを見た。しかし、彼の目は真剣そのものだ。

「勇。これはマジだぜ。俺が見つけてきた情報だからな」

「え、ほんとですか!?」

　――でも一体どうやって。

　顔に出ていたのだろう。口にせずともタダカンは勇の疑問に答えてくれた。

「あいつの家のゴミを毎日チェックしてたんだよ」

「あのゴミ収集のバイト中、そんなことしてたんですか？」

　その問いにタダカンは何も答えない。前方では、メガホンの男が説明を続けている。

「そしてー！　その薬の開発のためにー、この金田大学附属病院ではー、金持ちの老人たちではなくぅ、未来ある若者たちを使ってー、人体実験を行っているんだー」

　――まさか!?

　勇は目を丸くして、ふたたびタダカンの顔を見る。タダカンは、当然知っていたという表情だ。

「俺たちが最初に会ったときのバイトがそれだよ」

　勇は愕然とする。睡眠導入剤の治験と聞かされていたバイトが、まさか、そんな現実離れしたＳＦ的な薬の実験だったとは。

「あ、あ、あの、副作用とか、だ、大丈夫ですかね!?」

あまりの衝撃的事実の発覚に、すでに酒気など吹き飛んでいたが、今度は驚きのあまり、呂律がまわらない。

「安心しな。俺が事前に調べた限りでは、すでに例の薬は、副作用のリスクをクリアするところまで、開発が進んでたらしいから」

タダカンはやさしくおだやかな口調でパニックになっている勇を落ち着かせる。勇以外の人間にとっては周知の事実らしく、誰も騒ぎ立てたりしていない。メガホンからはなおもアジテーションの叫びが続いている。

「それもこれもすべてはあいつのせいだー」

「そうだー」

群集も一斉に応える。ところどころからプラカードのようなものがあがる。

【即刻退陣! 眞戸孝蔵】

【眞戸の大学私物化を許すな】

【金と権力の亡者、眞戸孝蔵】

その他、風刺画的に眞戸を悪魔のように描いたイラストなども掲げられた。

——美千代さんの旦那さんの名前だ。

昨夜はお酒のせいでどうしても思い出せなかった事実に、酒も抜けてクリアになった勇は気がついてしまった。

——どうしよう……。

勇は迷い始めていた。酒の勢いでこのバイトを選んだが、その結果、美千代の旦那に、ひいては、美千代に迷惑がかかってしまう道を選んでしまったのではないか。勇は眞戸孝蔵のことをよく思ってはいなかったが、美千代にとっては大切なひとだ。バイトとはいえ、かわいがってもらっている勇としては、それこそ飼い犬が飼い主の手を噛《か》む行為なのではないだろうか。酒は抜けたが、勇の頭はふたたび、二者択一という刺激で激しく揺れる。

タダカンがすっと一枚の写真を取り出して、頭を抱える勇の前に出した。そこには、しっかりと抱き合って熱い口づけを交わしているカップルが写っていた。しかし、普通のカップルでないのはすぐにわかった。両方とも男性だったのだ。ひとりは露出の多いカジュアルな服を着た若い男性。もうひとりは、スーツを着た年配の男性だった。

「そのスーツのおっさんが、眞戸孝蔵だよ」

「え!?」

勇は驚きながらも「信じられない」という気持ちにはならなかった。いわゆる夫婦関係が新婚の頃からなかったことを、美千代から聞かされていたためかもしれない。

「この写真はリョウさんからもらったんだ」

勇は、下着モデルのバイトで出会ったカメラマンのリョウというおネエを思い出した。そして、緑のブリーフに革のブーツをはいたタダカンの姿も。

「あのときのモデル撮影ってもしかして……」

「そ。バイトって言うか、交換条件。俺はタダ働きで、勇のバイト代は姐さんが出したんだと思うぜ」

まさか眞戸孝蔵の性的指向を知るための対価として差し出されていたとは。しかし、勇は給金をもらっているので、やはりバイトをしたということになるのかもしれないが。

「ま、ゲイってのが悪いわけじゃなくてさ、あいつはそのことを隠して、出世のためにいまの嫁さんと偽装結婚したっつーんだから、それは男として許せねーよな」

美千代さんは気づいているのだろうか、と勇は心配になった。

――気づいてるんだろうな。

お嬢さま育ちでおっとりした性格だが、頭が悪いわけではない。きっと気づいて我慢しているのだと勇は思い至った。

「しかも、足がつかないように、嫁さんのクレジットカードで男とのホテル代や食事代を払ってたんだぜ。ま、そっちは使いすぎでブラックリストに載っちまったみたいだけどな」

――それでか。

取り立て屋のバイトで渡された債務者リストに美千代の名前がありつつも、本人に覚えがないことに勇は合点がいった。

「あと、これもな」

タダカンはそう言ってもう一枚の写真を取り出した。そこに写っていたのは、ふたりとも知っている人物だった。ひとりは、美千代だった。スーパーの棚を物色しながらたのしそうに笑っている。もうひとりひょろりと背の高い青年が写っている。

——え!? 俺？

美千代の隣で買い物かごを持って、同じくたのしそうに笑っているのは勇だった。

「こ、これ……」

「わりいな。姐さんに言われて、撮らせてもらったよ。旦那は男娼《だんしょう》を買い、妻も男を買い、となると結構なスキャンダルだろ。眞戸孝蔵を失脚させるダメ押しの武器としてな」

「そんな……」

ルイーダに紹介された「イヌ」バイトにそんな裏があったとは。ルイーダにもタダカンにも裏切られた気分だった。

「でも、こいつは念のための保険だよ。もっとでかい仕込みが成功しそうだから、こいつらは使わないで大丈夫さ」

そう言って、タダカンは二枚の写真をポケットにしまった。そうは言われても、眞戸孝蔵失脚のためにコマとして使われていたことは事実であり、勇はショックから立ち直れない。それでも、芽生えてしまった好奇心をいまさら摘むことはできなかった。

「なんですか、でかい仕込みって？」

タダカンは背負っていたリュックの中から、円筒形の包みをふたつ取り出し、ひとつを「勇も食べるか」と言って手渡してきた。

「バナナ巻いちゃいました？」

見るのも嫌な、あの卒倒してしまった「パン」バイトで作っていた菓子パンだ。

「違う違う。よく見てみな。それ、本家の方」

「え？」

タダカンに言われて、パッケージをよく見ると確かに「まるごと」の文字が。

「勇とバイトでつくったニセモノは現在、販売中止だよ」

「そういえば……」

バナナが入っていなかったり、皮つきのままのバナナが入っていたりしたことで「バナナ巻いちゃいました」の回収騒ぎが起きたというニュースがここ最近、世間を騒がせていた。

「まさか、あれも、タダカンさんや俺のせいで？」

こくりとタダカンが頷く。

「けど、俺らのせいだけじゃないぜ。本来俺の目的は、眞戸孝蔵が金田製パンの社長に就任してから悪化が噂《うわさ》されている職場環境について、マスコミにリークすることだったんだ。けど、その劣悪環境から、結果として勇が倒れ、俺とおまえの持ち場だった作業工程がてんやわんやになった。普通の工場なら、それをチェックして商品として出荷する前に改善するはずなんだ。けど、あそこは、眞戸が設備費や人件費をケチって大リストラしたせいで、それができなくなっていた。自業自得なんだよ、あの回収騒ぎは」

タダカンは一気に説明すると、本家のバナナにパクリと食いつく。

「ま、金田大学大好きな俺としては『巻いちゃいました』のチープな味も好きだったんだけどな。やっぱり、パクりはいかんよな」

――そうだった。ニュースでもそっちの方が責められてたっけ。

金田製パンが致命的なダメージを受けたのは、回収騒ぎよりも、商品の特徴が酷似しているということで本家から訴えられたことの方が大きかった。回収に関しては一部のネットニュースだけが報じていたが、訴訟問題が明るみに出てからは、大手メディアもこの一件に食いついた。結果として、金田製パンは企業体質自体も世間から追及を受けることになってしまったのだ。

「昔は優良企業だったんだから、なぜそうなったかはちょっと調べればわかっちゃうよな」

最後の一口をほおばりながら、タダカンは「日本のマスコミもバカじゃない」と付け足した。

「そんで、これがもうひとつの大きな仕込み」

タダカンがそう言って右手を大きく振ると、それが合図だったかのように、メガホンの男が叫びだした。

「よーーーし！　みんなー、そろそろ準備はいいかぁ」

「いいぞー！」

正面玄関前が群集の声で震える。

「ダイ！　イン！」

まるでヒーローが変身するときの掛け声のように、メガホンの男はポーズをつけて台から地面に飛び降りた。その瞬間、メガホンの男から波紋状にみながばたばたとコンクリの地面に倒れこんでいく。

うつぶせに、仰向《あおむ》けに、横を向いて。みなさまざまなカタチで「死体」を表現している。スポーツスタジアムやライブ会場などで起きる「ウエーブ」のように、勇たちにも「死体」の波が近づいてきた。

「ほら、勇、行くぞ。もうすぐマスコミもくるはずだ」

——そっちもすでに手配済みなんだ。

タダカンの、そして、その背後にいるであろうルイーダの計画性の高さに勇は感心する。タダカンに少し遅れて地面にうつぶせになる勇。コンクリのざらりとした感触が頬に触れて少し痛い。

「このダイインはな、危険な薬で仮死状態になるっていうことと、格差によって死ぬしかない若者の両方を表現してるんだ」

仰向けになり目をつむった状態でタダカンがひとり言のように解説してくれた。

——死体はしゃべっちゃダメですよ。

勇は無言で死体役に徹した。思うところや考えるところはありすぎて、気持ちの整理もできない状況だが、いまは引き受けた仕事を全うすべきだと思った。

——むしろ、死体役なら何も考えなくてすむ。

勇は現実逃避のため、一旦思考を停止しようとした。しかし、その試みは、さきほどまでのメガホンの声より遥《はる》かに大きな怒号で中断されてしまった。

「いい若いもんが死の真似《まね》ごとなどやめんかっ！」

「死体」となって寝転んでいた多くの学生たちがその強烈な一喝に思わず身を起こす。勇も例外ではなかった。声の主の姿を確認せずにはいられなかったのだ。

正面玄関に立っていたのは、これまた勇には見覚えのある人物だった。

――ＶＩＰのじいさん！？老人の後ろから、「理事長！」と慌てて数人の医師が駆け寄ってくる。

「ええい、もういい。退院じゃ。うちの学生たちにこんなことをさせてしまっては、おちおち寝てられんわ」

おそらく医師の中でも上の位に就いているであろう貫禄《かんろく》のひとたちをさがらせると、もう一度勇たちの方に向かって老人は声を張った。しかし、今度はさきほどのような怒声ではなく、慈しみに満ちたものだった。

「みな、起きなさい。反戦を謳《うた》う時代でもなかろう」

しかし、デモに集まった学生たちは「はいそうですね」と立ち上がったりはしなかった。さきほどまで「金持ちの老害」と大声でかましたばかりだ。いかにもその代表のようなひとに諭されて素直になるとは思えなかった。

――というか、誰なんだ、あのじいさんは。

隣を見ると、タダカンは老人を知っていそうな顔だ。周りの学生たちもだ。

――もしかして、結構有名なひと？

勇は自分だけ取り残されないように、必死で動向を見守ることにした。

老人は、地面に置いてあるプラカードにちらりと目をやり、「やはり、か」とつぶやくと大きなため息をついた。

「うちの婿が迷惑をかけた」

——婿？　って、あ、眞戸孝蔵が婿ってことは、美千代さんのおとうさん!?

勇は周回遅れでやっとこの騒動の輪の中に入ることができた。美千代の父、つまり、九代目金田大学理事長、金田敏文は、学生たちに向かって深々と頭を下げた。

「本当にすまんかった」

教授クラスであろうひとたちが「理事長、おやめください」と背後で叫んでいるが、金田翁は頭を下げたまま、微動だにしない。

「きみらだけではない。ここにはいないうちの学生全員、そして、世間さまにも迷惑をかけた」

金田翁はまだ頭を下げたままだ。次第に学生たちの方が、寝転んだままこの老人の話を聞いていることが申し訳なくなってきた。ぱらぱらと立ち上がる者が出てくる。タダカンも立った。勇もそれにつられて立ち上がった。

ダイインを先導していたメガホンの学生も含めてそこにいる全員が立ち上がった時、やっと金田翁は頭をあげて、みなの顔をひとりひとり、孫を見るかのような目で見つめて言った。

「わしには孫がおらん」

勇の胸がちくりと痛む。美千代の寂しそうな顔と金田翁の切なそうな顔が重なる。

「理由は大体わかっとる。でも、わしは諦めきれんかった。眞戸が権力欲でうちの娘に近づいたのも、いつかわしと取って代わろうとしておることも気づいておったが、孫をこの手に抱く夢を諦めきれんかったんじゃ」

学生たちは金田翁が何を言おうとしているのか計ることができなかった。しかし、誰ひとり金田翁の話に水をさそうというものはいなかった。

「結果として、孫のようなきみらに大変な苦労をかけてしまった。わしが先代から受け継いだ、この大学の『自由』という唯一無二の財産を、あやうく失ってしまうところじゃった」

金田翁は本当に後悔しているようだった。声に悔しさが滲《にじ》み出ている。いつの間にか勇たちデモ集団の輪の外側に、マスコミらしき団体が集まってきていた。しかし、想定していた状態と違うことに気づき、とりあえずカメラだけを回してじっと静観している。金田翁はそれに気づいてか気づかないでか、変わらぬトーンで、話を続ける。

「実はな、検査入院でここに入れられたとき、もう引退してもいいかと思っとった。老い先短い身、きみらのことも心配じゃが、次の世代に経営を受け渡すのも、ひとつの判断かと思った。しかしな、ある夜ほんとに死にかけてな」

勇ははっとして手に持ったままになっていた「バナナ巻いちゃいました」の本家に目をやる。

——あのときのことだ。

病室で、バタークリームをたっぷり塗ったぱさぱさなスポンジ生地に包まれたまるごとのバナナを喉につまらせ、助けを呼んでいた金田翁。勇は死なせなくてほんとによかった、と心から思った。

「ある青年がたまたまそばにいたから助かったんじゃが、そのとき思ったんじゃ。まだ、この子らの世代に助けてもらうほどの恩を、わしはまだ売ってないとな」

「恩を売ってない」とは、根っからの商売人で事業家の金田翁らしい発想だ。

「大好きな『バナナ巻いちゃいました』で死にかけて、信じたかった婿に結局裏切られ続け、ふっきれた。わしは最期の最期まで、ちゃんと働いてから死なんといかん、と」

金田翁は体を支えていた杖《つえ》を高らかに掲げ、大きな声で宣言した。

「だが、老害とやらにはならんぞ。死ぬまで働くが、それはきみら若者のためにじゃ。金田グループは近々信頼できる役員たちに経営の座を譲ろう」

その言葉を金田翁が発した瞬間、「バシャバシャ」とカメラのフラッシュがたかれる。日本経済界の中でも大きなシェアを占める金田グループの最高経営責任者が退陣の宣言をすれば、それは大ニュースであろう。

「ただし、その前に、最後の人事権は発動せねばならん。うちの婿でもあった眞戸孝蔵は、金田製パンの社長職、および金田製薬の相談役、さらに金田大学の事務局長、すべての任を解き、金田グループときみらとそして世間に損害を与えた責任をとってもらう」

「おおおおーー」と学生たちとマスコミから声があがる。金田翁だけが言葉を発していた場だったが、その熱弁に、オーディエンス化した学生たちの気持ちも盛り上がり、ライブ会場のような一体感がいつの間にかできあがっていた。

「すごいひとだ」

前を向いたまま、勇はひとりごちた。しかし、タダカンはちゃんとそのつぶやきを聞いていてくれた。

「ああ、すげーな」

「まさかここまでもルイーダさんのシナリオどおりとか？」

「バカ言え。これが読めてたら、そもそも眞戸なんかに遅れはとらなかったよ」

「確かに」

いまふたりの目の前で起こっていることは、ルイーダやタダカンのさまざまな画策が一因となって引き起こされたことではあるが、その成果は明らかに想定を超えるものだった。

みなの拍手を手でやんわりと鎮める金田翁。ゆっくりと、しかし、はっきりとした声で、勇たち学生に向かって最後の一言を告げた。

「きみたちの自由と未来は、この金田敏文が命をかけて守ろう！」

そう言うと、精魂使い切ったのか、少しぐらついた。慌てて後ろから医師が、デモ集団の先頭にいた学生たちが駆け寄る。金田翁を大人と学生が共に支えあう姿は、まさに今回の大学改悪の動きを阻止し、学生が自由を、大人が利権に揺るがない覚悟を取り戻した象徴とも言える姿だった。


「いつからなんですか？」

ぶすっとした顔で、勇はルイーダに訊いた。タダカンは隣でブリックパックのいちごミルクを飲んでいる。「強面《こわもて》がかわいいものを飲むな」と勇は思いながらも、とりあえずタダカンを弾劾するのは後回しに、ルイーダの方に詰め寄った。

「最初からって言ったら、信じる？」

「それは、さすがにウソでしょ」

ずっと利用されていたことを知って、腹も立っている勇は、ルイーダの揺さぶりにも動じない。今回は強気で行くと、金田大学附属病院をあとにするとき決意したのだ。

「バレたか」

――俺が『ひとことメモ』を読んでルイーダを探すことまで読んでたなら、もう神だよ。

「最初は単純にバイトを紹介してあげておしまいにしようと思ったの。でも、たまたまわたしの手元にあったふたつのバイトで、きみ、すごい悩んでたでしょ？『あ、この子、二択が苦手なんだ』って思ったのよ」

「それがきっかけ？」

　勇には意味がわからなかった。むしろ優柔不断なヤツなんかをコマにしたら計画の不安因子になりはしないだろうか。

「二択が苦手な子ってのはね、即決即断の単細胞野郎より逆にコントロールしやすいのよ。自分に自信が持てないってことだからね」

「コントロールしやすいのよ」と悪びれもせず話すルイーダに、勇は怒りを通り越して呆れてしまった。

「よくも本人を目の前にして、そんなこと言えますね」

「あら？　だって、きみはそんな自分を変えたかったんでしょ。利用されるのが嫌なら自分を変えればいい。自らに不利益が生じたときの方がひとは負けまいと成長するもんよ」

　さらりと言い放つルイーダ。いちごミルクを飲み終えたタダカンが横から口を挟む。

「やめとけ、勇。そこを責めても姐さんは堪《こた》えたりしねぇよ。このひと、他人の行動をコントロールしたり、人間の行動の先を読んだりすることを専門に勉強してたひとだからな」

勇は図書室でルイーダが『三択の洗脳力』という本を読んでいたことを思い出す。いまもその分野の追究を続けているに違いない。

「スナックのママをやろうと思ったら必要な素養なのよ」

咥《くわ》えてもいない架空のタバコの煙を「ふう〜」と吐き出す仕草に、勇は余計に腹立たしくなっていた。

「もう、なんなんですか！　俺、ふたりのこと信じてたのに！」

正直な思いだった。高校時代から友人もおらず、家族からも疎外され、大学でもひとの輪に入っていけなかった勇が、バイトを通じて唯一コミュニケーションを通わすことができたふたり。

年はだいぶ上だが、その分頼りにしつつ、姉や兄のように慕っていたのだ。それを裏切られたショックは大きい。悔しさで目頭が熱くなる。勇は必死に涙をこらえる。しかし、そんな勇と対照的にふたりはきょとんとした顔で切り返す。

「あら、わたしたちもきみを信じてたわよ」

「ああ、俺もだ」

「そんなの当たり前だろ」的な言い方。これには勇も肩透かしを食らう。

「え？　でも、俺を利用してたんでしょ」

「ええ。でも、それはみんなそうでしょ。働くってことは、一方的な関係じゃないのよ。雇用主は労働力がほしいし、働く方はその対価を求めている。両方が利用し合わないと成り立たない関係なのよ。わたしたちもいっしょ」

「俺は、勇がいてくれたおかげで今回の計画がうまくいったと思ってるぜ」

「わたしも、きみが想像以上の働きをしてくれるって信じてた」

勇はまだふたりの言っている意味がわからない。

「え、なんで？」

「おまえ、二者択一は嫌いって言いながら、姐さんからの二者択一からは逃げなかったじゃん。ちゃんとやりきろうと前を向いたろ。俺はそういうヤツは信じられると思うんだよな」

「わたしも、同じようなもんかな。二十歳も過ぎて変わりたいなんて、普通は『おせーよ』ってツッコミ入れるとこだけど、きみは、本気だった。本当に現状の自分が嫌だったのね。甘えてる部分もたくさんあったけど、常に変わりたいって核には熱があった。そういうヤツってコントロールしやすいけど、いつか、コントロールを振り払ってすごいことするから面白いのよね」

「そもそも、しょっぱなの治験バイトで金田理事長助けちゃう時点で、想定外だったしな」

「そうそう。そこで確信したのよ。この子はこの計画に必要なピースだって」

勇を利用していたことは確かだったが、その裏にある思いは勇が想像していたものとは少し違ったようだ。少々、世間一般の考え方とはズレているところはあるが、勇を必要としてくれている気持ちにウソはないようだ。

「仲間だと思っていいんですか？」

勇がおずおずと訊ねるとルイーダとタダカンは顔を見合わせて笑いだした。

「ぶははは、何をいまさら」

「ははは、いや、でも、できすぎた話かも」

「なんですか、なんで笑うんですか」

勇が半分泣きながらふたりの肩を揺する。

「もう、泣かないでよ。最初にわたしが言ったこと覚えてない？」

勇はルイーダと出会ったときの記憶を反芻《はんすう》してみるも、手がかりらしいものは出てこない。

「わたしのあだ名はルイーダ。『ルイーダの酒場』は、冒険の最初に仲間を見つける場所よ」

「で、勇、おまえは勇者なんだろ。もう冒険は始まってたんじゃねーの」

「じゃ、じゃあ」

ルイーダとタダカンは左右から同時に勇の肩を抱く。

「最初から仲間だと思ってたわよ。利用し合っても恨みっこなしの、素敵な仲間だとね」

ルイーダらしい言葉が、勇にはうれしかった。涙はまだ止まらなかったが、その液体の意味はさっきとは少し変わっていた。

「ねえ、勇者くん」

「なんですか」

涙を手の甲で拭いながら勇は返事をする。

「わたしたちのこと、まだ敵だと思ってる？　それとも味方？」

――やっぱりこのひとはドSだ。

「二者択一は俺にとって無理ゲーなんですよ」

勇たちは、その日、居酒屋で飲んだ後、大学徒歩五分の勇の家で飲み直した。小さな1Kのアパートは、冒険に出かける前の仲間が集う酒場のように、期待感に溢れていた。

Gか？　Kか？

金田大学の「自由」奪還作戦が成功した夜、勇とルイーダとタダカンは、勇のアパートで祝杯をあげていた。明け方まで飲み続け、お酒に弱い勇はすでに泥酔状態だ。

勇自身には自覚も記憶もないが、酔っ払っているときの勇は即断即決の男になるらしい。

「勇者くん、つまむもんなくなっちゃったけど、買いに行く？」

「そうれすね。あ、でも、らしか、あれがありましたよ」

勇は三人で入っていたこたつを抜け出し、這《は》うようにキッチンに向かう。シンク下の収納スペースに入れておいたとっておきを取り出すためだ。

「ほら、これ！　ちゃんととっておいたんれすよ」

勇は誇らしげに大きめな缶詰を掲げる。しかし、その缶詰を見て赤ら顔だったルイーダの顔が一気に青ざめる。

「ゆ、勇者くん、それはきみにあげたもんだし、また今度ひとりでゆっくり堪能《たんのう》したらどうかな？」

「え〜、とっておきってのは、こういうときに開けるもんれしょ」

勇はすでに缶詰を開ける気満々で、缶切りを右手に持っている。

「いや、ほら、まだ、全部解決したわけじゃないし、ね。眞戸の奥さんのこととかもあるじゃない？」

勇の部屋に移動する前、まだ居酒屋で飲んでいたとき。勇は、美千代に罪はないことをルイーダとタダカンに告げていた。

「だいじょうぶれす。美千代さんは、俺がこれからも話し相手になって支えていくつもりなんれ」

勇は決めていた。今後、旦那の眞戸孝蔵のことで苦労すること必至の美千代をできる限りフォローすると。

自分の欲のために美千代を騙《だま》し、金田グループを私物化した男ではあったが、彼を失脚させた首謀者は勇の目の前にいるルイーダとタダカンであり、知らなかったとはいえ、勇もそれに加担していた共謀者である。「仲間宣言」をした以上、そのことから逃げるつもりはなかった。バイトなど関係なしに美千代を助けていきたいと勇は思っていた。

「勇、えらい！　それでこそ男だ。姐さん、いいじゃん。勇の男気祝いだ。開けようぜ」

タダカンは勇側についた。彼の顔色はまったく変わっていないが、鋭い目が垂れ気味になっているあたり、そこそこ酔っ払っているらしい。

「バカ、あんたあれが何なのか知らないから！」

ルイーダがタダカンをたしなめる。しかし、タダカンも勇も、ルイーダが慌てている意味がわからない。

「姐さん、まさか爆弾とか用意してたんじゃねーよな。ゲイとイヌの写真を超える最終兵器として。って、それはないかー」

タダカンが冗談を言っておちゃらけてみせるも、ルイーダの真顔は変わらない。

「え、マジで!?」

タダカンも心配になってくる。

「い、いや爆弾とかじゃないんだけどね。破壊力は爆弾並みっていうか……」

「なんか顔青いよ、姐さん。勇、これやめといた方がいいやつか、も、っておまえ！」

「え？」

酔っ払った勇は、ルイーダとタダカンの掛け合いなどすでに聞いていなかった。キッチンの床に缶詰を置き、缶切りの刃を立てようとしている。

「あれ？　かたい」

手元に力が入らず、うまく刃が入らない。缶切りを持った右手を大きく振りかぶる勇。

「勇、おまえ、酔うとほんと躊躇《ちゅうちょ》ないな。少しは迷えよ」

「勇者くん、開けるの？　開けないの？　どっち？」

ルイーダが勇の動きをとめる最後の手段として、ダメもとで二者択一をぶつける。しかし、酔っているときの勇にこの方法は通用しない。

「いつ開けるの？　いまれしょ！」

だいぶ前に流行ったフレーズを叫びながら、勇は缶切りを振り下ろした。

ガッキッ！

手元が狂って缶の側面をかすった。鈍い音がする。

「いつ開けるの？　いまれしょ！」

まるでそれが缶詰を開けるときの決まり文句のように、一言一句同じフレーズを繰り返す勇。

「あ、あ、そうだ。わたし、明日も早いから、今日はこのへんで失礼するね」

勇が強引にでも缶詰を開けようとし始めると、ルイーダは慌ててコートを羽織り、帰り支度を始めた。

「え？　ルイーダさんは食べないんれすか？」

「うん、大丈夫。おなかいっぱい。それはふたりでたのしんでちょうだい」

そう言うとルイーダは逃げるように部屋を出て行った。カンカンカンと、アパートの鉄の階段を下りる音がする。

「なんか、姐さんの慌てよう、ヤバかったな」

勘のいいタダカンは、ルイーダのただならぬ様子に警戒心を強めた。

「なあ、勇、ほんとにそれ開けんのやめといた方がいいんじゃねーか？　つか、それ一体何の缶詰だよ？」

「え？　確か、しゅーるすとれれんぐす、みたいな名前らったよう」

「れが多いな、って、おい、それ、もしかして……」

タダカンは何かに気づいたようだ。

「勇、俺も今日は帰るわ」

こたつを出て、キッチンを抜け、走るようにタダカンは部屋を出て行った。ガンガンガガガン。途中で一段踏み外した音がする。

「なんらよ、ふたりとも。いいよ、俺ひとりで食べるから。せーの！」

焦点の合っていない目で、必死に狙いを定め、缶詰目がけて缶切りを振り下ろす。

ガツ！

金属を貫いた手ごたえがある。そのまま、勇はてこの原理でそこから缶をこじ開けようとした。その瞬間だった。

ブッシューーー

白濁した液体が缶切りで開けた穴から噴き出してきた。少し遅れて強烈な臭いが勇の鼻を襲う。

「ん？　なにこのにお……うお！　くっさ！　くさ！　いった」

臭いはすぐに痛みに変わった。

「うっぷ」

泥酔していたこともあり、この臭いをきっかけに胃液が暴れだす。慌ててトイレに駆け込む勇。便器を抱え、シンガポール名物のあの獅子《しし》と化す。その間、缶詰から発せられる臭いはどんどん部屋に充満していく。たまりきった臭気は逃げ場を失い、トイレの換気扇から隣の部屋へ、そのまた隣の部屋へと流れていく。

勇の脳は、吐き気と臭さと痛みという複合的な苦痛に耐え切れず、唯一の快楽である眠気に逃げ込むことで自己防衛を図った。便器を抱えたまま、勇の意識はぷつんと途切れた。

「ちょっと、社本さん！　しゃーもーとーさん！」

体を激しく揺さぶられ、強引に覚醒させられた勇が目を開けると、そこにはマスクをしながらも苦痛に顔をゆがめる複数の顔があった。手前のふたりは明らかに警察官の格好をしている。

「は、はい。って、くさ！」

勇は昨夜の記憶がほとんどない。なぜ自分の部屋がこんなに臭いのかわからない。そして、目の前に、警官がふたりと、アパートの一階に住んでいる大家と、一度だけ顔を合わせたことのある隣室の住民が立っているこの状況がわからなかった。

「この臭いの元はこれですね？」

警官は床に置いてある半透明のゴミ袋を指さした。中には大きな缶詰が入っている。

――あ、シュールストレミング！

「困るよ、社本さん。こんな狭いアパートで異臭騒ぎなんて起こされちゃ」

大家がなるべく部屋の臭気から遠ざかろうと玄関ぎりぎりの位置に立って言った。

「腐乱死体があるのかと思ったよ」

大家の横に立つ隣人が「いい迷惑だ」という顔で吐き捨てた。

「ま、何にせよ、事件性がなくてよかった」

そう言うと警官たちは立ち去っていった。隣人も続いて出て行く。大家だけが玄関のところに残って、勇に反論の余地はない決定事項として、ひとつの通達をした。

「今月中に出て行ってくださいね」

勇の反応を待たずに大家も部屋を出て行った。当たり前だが、みなシュールストレミングの入ったゴミ袋は持って行ってくれなかった。

キッチンの床にへたり込んで、勇は自分の預金残高を思い出していた。幼い子どもでも数えられるのではないかというくらいの数字しか出てこない。

――ウソだろ。次の部屋を借りる金なんて、とてもじゃないけど……。


「Gにする？　Kにする？」

ルイーダは「わたしはちゃんと止めたんだからね」と自分に非がないことを強調しつつも、住む家をなくしてしまった勇のために、二者択一という試練的「救済」を与えた。

「説明お願いします」

大家には「次のバイトが決まるまで」となんとか猶予をもらっている状態だ。このふたつのうちどちらかで決めるしかない。

「え～、いるぅ？」

元はと言えば、ルイーダがくれたシュールストレミングが原因にもかかわらず彼女はいつものやりとりをたのしんでいる様子だ。

――ま、家賃の滞納も何度かあったし、全部あの缶詰のせいとも言い切れないけど。

勇は自分にも非があることを知っているので、そこまで強くルイーダに言えないでいた。

「Gは、ゴキブ……」

「ちょっと待った！」

ルイーダが言いかけた生物の名前を、勇は聞きたくなかった。大の虫嫌いの勇は、この世の中で、その生き物が何より苦手だった。名前を聞くだけで鳥肌が立ち、血の気が引き、眩暈《めまい》すら感じる。

「その生物は『G』のまま説明してください」

懇願する勇。その姿にドSの血が騒いだのか、ルイーダはいちいち「ゴキブ……」まで言いかけてから「Gが」と言い直した。

――絶対わざとやってる。

しかし、勇は我慢した。そのバイトは「G」をはじめとする害虫を駆除する仕事だった。飲食店などからの依頼が多いらしい。

――そのバイトで行った店は二度と行けなくなるな、俺。

勇はそう思いながらも、説明を最後まで聞くまでもなく、自分には不可能なバイトだと悟った。

「もうひとつは？」

勇は「K」がつく虫がいないか頭の中で『嫌いな虫図鑑』をめくりながら訊ねた。

「Kはね、寝所付きのバイトよ」

家をなくした勇にとってはまさに渡りに舟なバイトだ。もっとくわしく訊いておきたい。

「今回の眞戸失脚作戦で無事追い出しを免れたわたしの古巣『ＫＫＫ』の部室警備員の仕事よ」

「部室警備員？」

聞き慣れない仕事だ。重要機密などを擁する企業や行政機関に警備員を配置するのはわかるが、学生たちがたむろするだけの一サークルの部室に果たしてそんなものが必要だろうか。勇は疑問をそのままルイーダにぶつけた。

「あるのよ、その重要機密が。なんたって、戦後すぐに発足して、わたしが七十代目の幹事長だったくらい歴史あるサークルなんだから。この大学の表も裏もぜんぶ記録してきた超重要機密がね」

「いったいどんなサークルなんですか。そもそも『ＫＫＫ』って、秘密結社じゃなかったですっけ？」

「そっちは『Ｋｕ Ｋｌｕｘ Ｋｌａｎ』でしょ。こんな日本人ばっかりの大学で白人至上を掲げてどうすんのよ。こっちは『Ｋａｎｅｄａ Ｋｏｄｏ Ｋｅｎｋｙｕｋａｉ』よ」

「ぷっ！　まさかのローマ字？」

思わず勇は噴き出してしまう。

「何よ、バカにしてんの？　日本の公共放送だってローマ字の略称でしょうが。そんくらい歴史が古い証拠なの！」

この「ＫＫＫ」というサークルに愛着があるのか、ルイーダはここを揶揄《やゆ》されることには敏感らしい。

——でも、とりあえず、Ｇバイトよりは何万倍もましだな。

二者択一が何より嫌いな勇だったが、これはもはや「二者」とは言えなかった。勇は迷いなくＫを選択した。

「じゃ、そっちでお願いします」

「やった！」

ルイーダは手を叩いて喜んだ。

「ほんとにいいのね？　ひとつ条件があるんだけど、それでもいい？」

「え？　後出しですか？　部室にいるＧをやっつけるのも仕事とか言わないですよね？」

「そんなこと言わないわよ」

「じゃ、いいですよ」

勇にとっては、そこを回避できるのであれば、他の条件など大した障壁ではない。

「よかった。では、本日付けで社本勇くんを『金田行動研究会』の正式会員とします」

「は？」

意味がわからず間抜けな声が勇のぽかんと開いた口からこぼれる。

「うちのサークルでは部室警備員をするのはサークル会員に限るって決められてるの。このバイトを引き受けるってことは、うちのサークルに入るってこととイコールなのよ」

「ええ？　前提条件あるなら、先に言ってくださいよ」

「なによ、さっきいいって言ったじゃない」

「いや、言いましたけど……」

サークルに入るのが嫌なわけではない。ただ、集団に属すると必ず選択が発生する。そのことで周りに迷惑をかけたり、嫌われたりするのが勇は怖かったのだ。

「変わりたいんでしょ？」

「……はい」

「仲間、もっとほしいでしょ？」

「それは、……はい」

「冒険したいでしょ？」

「……はい、え？　いや、それは別に」

「何よ、ノリが悪いわね、勇者のくせに」

——あなたが勝手につけたあだ名でしょうが。

「ま、いいわ。『KKK』のOBOGを代表して、あなたを歓迎します」

勇はルイーダが読んでいた『二択の洗脳力』という本を思い出す。またもや勇の行動はコントロールされていたのではないだろうか。

「まさか、初めからこうするつもりでシュールストレミングをくれたんじゃ……？」

「あ、気づいた？」

ペロリと舌を出すルイーダ。憎たらしい顔だ。しかし、憎めない可愛《かわい》さもある。

「もしかして毎回缶詰をくれてたのも、シュールストレミングをカモフラージュするため？」

「なに、どうしたの？　急に鋭くなっちゃって」

勇の顔に指をさし「そう、大正解！」と言って、手を叩きながらぴょんぴょんと跳ねるルイーダは本当にうれしそうだ。

「おねえさん、うれしいわ。きみがやっと成長してくれて」

今度は勇の右手を両手で強く握りぶんぶんと上下に振る。ルイーダのテンションが怖い。

「てれれれってってってってー。勇者くんはレベルがあがった」

口ではファンファーレを鳴らしながらも、目には少し涙が見える。さすがにルイーダのこの反応はおかしい。

「なんか変ですよ、ルイーダさん」

勇に言われてやっと自分が泣いていることに気づいたようだ。手の甲で涙をぐっと拭き取ると、おもむろにスマホを取り出し、一枚の画像を勇に見せてくれた。

「ん？　なんなんですか、今度は急に写真とか。ほんと脈絡なさす、ぎ、って、え？　これ、俺の……!?」

「そ。きみのおとうさんとおかあさん」

左端に写っているのはルイーダだったが、その隣りで微笑んでいるふたりは、間違いなく勇の両親だった。

「え？　ウソ？　なんで？」

訳がわからず混乱する勇。

「まるでメダパニかけられたみたいね」

「いや、いまそういうのいいですから」

勇は真顔でルイーダに説明責任を求めた。

「はいはい。わたしも、きみがちっともご両親のことを知らないのはびっくりしたんだけど、おふたりは金田大学の卒業生で、うちのサークルのＯＢＯＧなの。学生結婚だったのよ」

「はあ!?」

初耳もいいところだ。いや、妹が生まれて以来まともに親と会話をしてこなかった勇には、両親から何か聞かされるという経験自体が長らくなかった。

――金田大学に勝手に入学を決めたのは、自分たちの母校ってこともあったのか。

「今度、うちの子が金田に入るからよろしくって連絡があったのよ」

どうやら金田大学行動研究会は「縦」のつながりが強いらしい。ルイーダと勇の両親とは在学時期もだいぶ違うはずだが、同窓会のようなもので接点が生まれるのだろうか。

「きみのおとうさんとは、ＯＢ会で会ってね」

勇の読みは当たっていた。今日はなぜだか冴《さ》えている。

「わたし、きみのおとうさんの大ファンだったから」

「ファン？」

サークルの先輩後輩という関係ではないのか、と勇は不思議に思う。

「この本」

そう言ってルイーダがエプロンのポケットから取り出したのは『二択の洗脳力』だった。

「あ、前にルイーダさんが読んでた……」

「そう。わたしの人生を変えるきっかけになった本なんだけど。これ書いたのがきみのおとうさんって知らなかったでしょ？」

——知る訳がない。

勇の父は、愛知の自動車メーカーで働いている。確か、総務部だったか人事部だったか。父がそんな学術書など書いていたなど、聞いたこともない。

「ま、そうでしょうね。本はこれ一冊しか出版されなかったし。でも、行動分析の分野ではすごいひとだったのよ。わたしの憧れだったひと」

遠い目をして宙空を見つめるルイーダ。

「うちの父親、まだ死んでませんけど」

思わず勇はツッコんでしまった。はっと我に返るルイーダ。

「あ、そうだった。つい」

「で、なんでうちの両親がルイーダさんに俺のことを？」

両親は勇のことになど興味がないはずだ。わざわざルイーダに何を頼むというのだろうか。

「きみんとこ、結構親子関係こじらせてんのね。さすがの先輩もわが子のこととなると冷静に分析できなかったってことなのかな」

「どういうことです？」

言葉から棘が突き出しているのがわかる。自分の知らない両親をルイーダは知っているということがすでに勇にとっては不愉快で、さらに、もったいぶられるとイラつきもする。

「ごめんごめん。言い方が悪かったね。でもね、勇者くん。きみは妹さんが生まれてからあんまりご両親と話してこなかったでしょ？」

「ええ、まあ。でも、それはあっちが妹にかかりっきりで、俺のことほったらかしだったからで……」

「ほんとにそうなのかな？」

「え？」

ルイーダは、少し責めるような視線を勇に向けた。

「きみの方が先にご両親を避けるようになったんじゃない？」

「そ、そんなこと……」

勇は否定しようとした。しかし「ない」という言葉はその後に続かなかった。心当たりがあるのだ。

勇は妹の舞《まい》が大好きだった。年が離れているので喧嘩することもなく、無条件の信頼と敬慕《けいぼ》を向けてくれる妹が可愛くて仕方なかった。だが、ある日父にされた質問が勇と家族との関係を変えてしまった。

「おとうさんおかあさんと、舞。どっちが好きだ？」

妹を溺愛しすぎる勇をからかってのことだったのだろう。しかし、この質問に勇は苦悩した。「両親」か「妹」か。どちらも選べなかった。どちらかを選ぶわけにもいかなかった。結局その質問には答えぬまま、勇は家族への愛を封印してしまった。

「どんだけ二者択一が苦手なのよ、きみは」

いまルイーダにそう言われるまで勇はそのときの判断が二者択一によるものだと思ってはいなかった。自ら家族と距離をとったくせに、その寂しさから記憶を改竄《かいざん》していたのかもしれない。「父のせいだ。母のせいだ。そもそも妹が生まれてきたのが悪いんだ」と。

「きみのおとうさんは、そんな質問をしてしまったことを悔やんでて。『行動分析を専門にしていたくせに情けない』ってね。それで、わたしになんとかしてくれないかって依頼があったの」

「なんでルイーダさんに？」

「あれ、前にカンダタが言ってたでしょ？　わたしもあなたのおとうさんと同じ『行動分析』を専門としてたからよ」

勇は「ああ、それで」とすぐに納得はできなかった。しかし、同じサークルの後輩で、同じ学問領域の知識を持っていて、なおかつ自分の著作に感銘を受けてくれた人間がまだ大学に残っているのなら、すがりたくなるのも仕方ないかもと思った。

「わたしには今回ふたつクエストがあったのよ」

「ふたつ？」

「ひとつはもうクリアしたけど。うちのサークルの現役生からの依頼でスタートした金田大学の自由奪還ね」

勇もいつの間にか参加させられていたやつだ。

「もうひとつは……」

「もうひとつは？」

間抜けにおうむ返しをしてしまう勇。

「勇者の育成よ」

そう言ってルイーダは勇の顔に再び指をさし、その指をそのまま天高く突きさした。

「こっちの依頼者はもちろんあなたのご両親。わたしがバイトの斡旋をしてるの知って『バイトを通じてうちの子の優柔不断をなんとかしてほしい』ってね」

「もしかして『ひとことメモ』も……？」

「うん、あれ、仕込み。きみが金欠になるようにご両親にはお願いしてあったから、あやって書いとけば食いつくだろうなって」

勇が初めて自分の意思で行動したと思っていたことすら、ルイーダに仕組まれたことだったのだ。勇は、どこからどこまでがルイーダの手のひらの上なのか、もはやわからなくなってしまっていた。

——恐ろしいひとだ。

勇は、改めて目の前に立つエプロン姿の女性に対して畏怖の念を抱いていた。ただ、それと同じくらい憧憬《しょうけい》の念も抱いていることに、勇は気づいていた。

「こっちはまだまだ時間がかかりそうだけどね。でも、引き受けたからには絶対クリアするから。わたしが一番嫌いなことを知ってる？　勇者くん」

「ひとを騙すことですか？」

渾身の皮肉だったが、ルイーダは聞いていないようだった。

「ゲームオーバーよ」

——このゲーム脳が。

心の中で悪態をつくも、勇はわかっていた。自分がほんの少しではあるが、変わりつつあると。成長と言えるかどうかはまだわからないが、それがルイーダなしにはありえなかったということも。

「で、どうする？　このクエスト、続ける？」

「それ、選択肢ないやつですよね？」

「はは。よくわかってるじゃない」

ルイーダはふたつの鍵を両手にひとつずつ持って、勇の前に突き出した。

「どっちかが部室の合鍵で、もうひとつがわたしの部屋の合鍵よ。どっちに住み込む？」

ルイーダはいたずらっぽく笑っている。年上で知的な顔立ちの彼女が意地悪そうに笑うと、それは絶妙にチャーミングで、からかわれているとわかっていてもドキドキと期待に胸を膨らませてしまう。

だが、やっぱり簡単には選べない。勇の右手は、両方の鍵の間を行ったりきたり。

——二者択一は好きじゃないんだよ。

勇のクエストクリアはまだまだ先になりそうだ。

解説

吉田大助

なんて気持ちのいい小説なんだ。

新鋭・百舌涼一の第三作『生協のルイーダさん　あるバイトの物語』を読み始めた時、

　こんな気持ちになるとは思わなかった。安全地帯から他人事だと笑わせてもらっていたし、これはきっと地獄巡りの物語だぞと予想する気持ちもあった。でも、ぜんぜん違った。

　主人公の社本勇は、山手線内にある四年制私立大学「金田大学」の一年生。物語の開始早々、勇は学食でおおいに悩んでいる。日替わり定食Aのから揚げ定食にすべきか、Bの野菜炒め定食にすべきか。二者択一がなかなかできず、やむを得ず決めた後もぐじぐじと自分の選択を後悔し続ける。〈勇は子どもの頃から優柔不断で、「選ぶ」という行為が何より苦手だった。／「優しくて」「柔らかくて」「断ったりしない」〉。優柔不断はその文字だけを見れば、とても「いいヤツ」に見える。けれど、実際は「情けなくて」「弱くて」「決められない」のが優柔不断な人物の特徴だ。「情弱不決」と文字にするとダメなヤツというのがよくわかる〉。その後も小説は、三人称のちょっと引いた視点から、極端に「選べない」青年の格闘の日々を追い掛けていく。

この人の苦脳がより濃く実感できたのは、一人暮らしの部屋に関する描写が出てきた時だ。築三五年の木造アパートの、風呂なしの六畳間。大学に歩いて通える距離とはいえ、なぜこの部屋を選んだのか。〈東京の電車はＪＲだろうが地下鉄だろうが本数も種類も多く、乗り換えも複雑だ。乗り換えとは勇にとって「選択」でもある。人生で何より苦手なそれを失敗せずにこなせるはずがなかった〉。普通の人ならば当たり前にスルーしている出来事も、勇の目を通せば「選択」として映る。

人は一日に七〇回も決断をしているという説がある（著書『選択の科学』で知られるコロンビア大学ビジネススクール教授シーナ・アイエンガーの実験など）。しかし、それは意識して行っている数にすぎず、無意識を含めれば数千、数万（！）だという説もある。勇という人は、多くの人が無意識に行っている（実質スルーしている）選択を、意識の俎上《そじょう》にのせる。

世界でベストセラーとなり日本だけでも七〇万部超を売り上げた、スタンフォード大学の講師ケリー・マクゴニカルの著書『スタンフォードの自分を変える教室』（だいわ文庫）を開いてみよう。原題を直訳すると「意志力の本能」（The Willpower Instinct）。つまり、ある物事を「やる」か「やらない」か（決断）、そもそも自分は何を「望んでいる」か（動機）といったウィルパワー＝意志力の三大要素を上手にコントロールできるかどうかが、「自分を変える」ことに直結するのだ。ポイントは、ウィルパワーは個人によって異なる「保有量」が設定されているということ。それは曖昧で抽象的な概念ではなく、脳の前頭葉前皮質に備えられている、具体的な資源だ。

最新の脳科学や心理学の成果を、平易な言葉に翻訳しながら紹介し続けるメンタリストDaiGoは、著書『自分を操る超集中力』（かんき出版）でウィルパワーを次のように説明する。〈ロールプレイングゲームのキャラクターの体力や魔力を思い浮かべてください。敵の攻撃を受けると体力が減り、魔法を使うと魔力が減っていくように、ウィルパワーにも一定の量があり、集中力を使う度に少しずつ消耗していきます〉

消耗を加速させる、一番ダメなパターンはこれだ。

〈何か決定しなくてはいけない細かいことを、頭の中で「やりかけのまま」「先延ばし」にしておくと、無意識に気にした状態が続きます。／これを「決定疲れ」といい、決定を放置し、後回しにした場合にウィルパワーが消費される現象を指します。つまり人は、行動ではなく「意思決定」で疲れるのです〉

だから大事なことは、ウィルパワーの最大値を増やすよう前頭葉前皮質を鍛えることだ。そしてそれ以上に、ウィルパワーを「節約」できるよう決断を早め、一度下した決断が正しかったかどうかくよくよ悩むのをやめること。では、それができていない人間は、どんな生活を送ることになるか？　恰好《かっこう》のサンプルケースが、この小説の主人公・社本勇だ。端的に言って、その日々は地獄の苦しみだ。日常生活だけでへろへろで、大学の授業や友情や恋愛もままならないくらいぼろぼろ。これじゃいけない。勇はつくづく、「変わらねば」と思っている。にもかかわらず、「変われない」。そのギャップが、本人の苦悩を招くとともに、読者の笑いを呼び込む。

そんな「選べない」男の前に現れたのが、生協（＝生活協同組合。大学の学生や教職員の組合費によって運営される）に勤める美女、ニックネーム「ルイーダさん」だ。一〇〇万部突破のベストセラー書籍『生協の白石さん』で有名になった、職員と学生を繋《つな》ぐ生協名物「ひとことカード」（本作中では「ひとことメモ」）をきっかけに、勇は彼女と出会いバイトを斡旋してもらうことになる。AかBか、どっちのバイトがいい？　ルイーダさんから課せられた二者択一と、その決断の先に現れるバイトの風景を、物語は連作短編形式で時にコミカルに、時に意外なほどリアルに描き出していく。例えば、病院に一定期間入院し新薬の実験台になる治験バイト。ベルトコンベアで流れてくるパンの素に、プラスαの仕様を加え、またベルトコンベアに戻す、工場バイト……。余談だがこの二つは、一九九〇年代から二〇〇〇年代にかけて東京で大学生活を過ごした人間ならば必ず、耳にしたことのあるバイトのはずだ。著者もその辺りの人なのだろう。ところで。

結果にコミットする、のキャッチコピーで知られるマンツーマンジムトレーニング企業がある。公式ホームページで体験者が成功談を語る動画を観ていて、つくづく思うのだ。この企業のビジネスって実は、コーチングなんだな、と。もちろん、顧客はダイエットしたいとか健康になりたいとかの願望を持って、企業の門を叩《たた》く。しかし、その願望の充足以上に、パーソナルトレーナーに痩せましょう筋肉をつけましょう栄養価の高い食事を摂《と》りましょうと叱咤激励してもらう、そのこと自体が決して安くないお金を払ってでも手に入れたい経験なのだ。それは、日常生活ではなかなか手に入らないものだ。子どもならまだしもいい大人が、自分の一挙手一投足をチェックされ、いちいち褒められたり叱られたりするなんてことはまずないから。体重が減る、という分かりやすくて目に見える結果は、コーチングの関係性を盛り上げるための燃料にすぎない。この企業は、結果にコミットする以上に、過程にコミットしている。

と、急にこのように話をし始めたのは、本書の作者・百舌涼一の個性と魅力の真髄は、コーチングにあるのではないかと思うからだ。言い方を変えれば、この小説家が持ち得ているものは、現代人に広く訴求するパワーを兼ね備えているのではないか、と。

振り返ってみれば、二〇一六年六月刊のデビュー作『ウンメイト』（ディスカヴァー・トゥエンティワン）の時からそうだった。五五名の書店員＋αを審査員に迎えた小説新人賞「本のサナギ賞」の第二回大賞を受賞（旧題『アメリカンレモネード』）した本作は、お腹のゆるい会社員「ゲーリー」が主人公。九段下駅のトイレで、謎の美女「ナタリー」と運命の出会いを果たす。

九段下の高級マンションで暮らすナタリーは、半ば強引に、自分の「運命のひと」探しを手伝うべしとゲーリーに指令する。童貞であることをさらっと告白させられた純情青年は、広尾の隠れ家バーで網を張る酒豪美女に振り回されて、出会いの現場を次々目撃させられる。その過程で、彼は彼女の言動から学ぶのだ。「運命のひと」は、待つのではなく、探しにいくものだということ。そして自分の気持ちを呑《の》み込むのではなく、口に出すことで、人生はがらっと変わるものだということを。

続く第二作『フラワード　弔い専花、お届けします。』（二〇一七年七月刊／ディスカヴァー文庫）では、はっきりとした師弟関係が描かれる。主人公の青年・継実は高校卒業後、広尾の街角にひっそり佇《たたず》む花屋でアルバイトを始める。そこは花言葉ならぬ「花言霊」で死者の最期を飾る、葬式専門の花屋だった。参列者の気持ちを花によって色付け変化させる、魔法のような力の持ち主は、店主のたま子。継実は彼女の花選びのサポートをしながら、彼女の力を学び始める。

そして本作『生協のルイーダさん　あるバイトの物語』には、主人公の前に二人の人物が現れる。ひとりはもちろん、ルイーダさんだ。そしてもうひとりが、同じ大学の八年生（！）で、勇が選んだバイト先にことごとく登場するタダカン（多田寛）だ。ルイーダさんは、勇が速やかに決断できるようドSな圧をかけてくる。一方のタダカンは、一度決めた自分の選択を、最後までやり遂げる姿勢を、行動で見せてくれている。勇は二人のコーチとの繋がりの中から、本当に少しずつ少しずつ、変わっていく。

作中でも明かされている通り、タイトルの元ネタはドラゴンクエストシリーズに登場する「ルイーダの酒場」だ。ゲームプレイヤーが操作する勇者は、女主人ルイーダが切り盛りするその店で、旅の仲間の加入や離脱をセレクトする。その名をこの物語に冠した理由はもちろん、人生とは誰と旅を共にするかの選択である、という思いがあるからだろう。

勇は確かに優柔不断で、二者択一が不得手だ。だが、仲間を選ぶこと、仲間を信じることにかけては、人一倍ピュアでエネルギッシュだった。人は、大人になっても変わる。変われる。そこで何より大事なことは、自分の中に芽生えた「変わる」「変わりたい」という選択を手放さないことだということも、「選べない」男は教えてくれる。

最初はこんな人生しんどいなと思っていたけれど、読み進めていくうちにどんどんと、勇が結ぶ関係性に憧れた。でもそれ以上に、勇の生き方自体に憧れられた。だからとっても、気持ちのいい小説だと感じられたのだ。うん、間違いない。これは、いい小説だ。

（よしだ・だいすけ　ライター）

本書は、集英社文庫のために書き下ろされた作品です。

集英社文庫

生協《せいきょう》のルイーダさん　あるバイトの物語《ものがたり》

2017年9月25日　第1刷　　定価はカバーに表示してあります。

著　者　百舌涼一《もずりょういち》

発行者　村田登志江

発行所　株式会社　集英社
東京都千代田区一ツ橋2-5-10　〒101-8050
電話　【編集部】03-3230-6095
【読者係】03-3230-6080
【販売部】03-3230-6393（書店専用）

印　刷　株式会社　廣済堂

製　本　株式会社　廣済堂

フォーマットデザイン　アリヤマデザインストア　　マークデザイン　居山浩二

ISBN978-4-08-745642-4 C0193